国家新闻出版总署
向全国青少年推荐的百种优秀图书

让中学生学会
感恩父母的 100 个故事

总主编:滕刚

花山文艺出版社

图书在版编目(CIP)数据

让中学生学会感恩父母的 100 个故事 / 刘英俊主编.

石家庄:花山文艺出版社,2007.6 (2021.6 重印)

(感恩书系 / 滕刚主编)

ISBN 978-7-80755-050-1

Ⅰ.①让... Ⅱ.①刘... Ⅲ.①故事—作品集—世界—现代 Ⅳ.①I14

中国版本图书馆 CIP 数据核字(2007)第 061757 号

丛 书 名:**感恩书系**(中学部分)

总 主 编:**滕 刚**

书　　名:**让中学生学会感恩父母的 100 个故事**

主　　编:**刘英俊**

策　　划:张采鑫

责任编辑:卢水淹

特约编辑:李文生

责任校对:李　鸥

全案设计:北京九洲鼎图书有限公司

出版发行:花山文艺出版社(邮政编码:050061)
　　　　　(河北省石家庄市友谊北大街 330 号)

销售热线:0311-88643221

传　　真:0311-88643234

印　　刷:永清县晔盛亚胶印有限公司

经　　销:新华书店

开　　本:710×1000　1/16

印　　张:9.5

字　　数:150 千字

版　　次:2007 年 6 月第 1 版
　　　　　2021 年 6 月第 2 次印刷

书　　号:ISBN 978-7-80755-050-1

定　　价:29.80 元

PREFACE
懂得感恩的人是幸福的人 ○张丽钧

第一次听欧阳菲菲唱那首《感恩的心》，是在热闹的大街上。在那动人的歌词和旋律面前，我不由得停下了脚步——"我来自偶然，像一颗尘土，有谁看出我的脆弱？我来自何方？我情归何处？谁在下一刻呼唤我？天地虽宽，这条路却难走，我看遍这人间坎坷辛苦。我还有多少爱？我还有多少泪？要苍天知道我不认输！感恩的心，感谢有你，伴我一生，让我有勇气做我自己。感恩的心，感谢命运，花开花落，我一样会珍惜。"不知为什么，就特别喜欢这首歌，仿佛那是从我心窝里掏出来的句子和调子。在这不期然的相遇面前，我感慨良久。

后来，我所在的学校和本市聋哑学校结成了友好学校。我们的学生和那些聋哑学生一起学会了《感恩的心》的手语表达。当我看到那些听不见旋律、唱不出歌词的孩子动情地和我的学生们一起用手语演唱《感恩的心》的时候，我和台下的观众都禁不住泪流满面。在我们这些健全的人看来，那些孩子最应该诅咒命运的不公，因为瞎了眼的命运女神残忍地把他们打入了一个死寂的世界。但是，他们非但没有诅咒，还怀了一颗可贵的感恩之心。看到他们面带微笑地打出"感恩的心"这句手语，我为自己心底隐藏着的怨尤与懊恼感到羞耻。

懂得感恩的人是幸福的人。

感恩，应该成为我们的一门必修功课。

让人遗憾的是，太多的人没有修好这门功课。幸福的生活，把多少"小太阳"娇宠成了"豌豆上的公主"！——爱是那一层又一层的柔软褥垫，但是，仅仅是最下层那一颗小小的豌豆粒，就惹得睡在上面的"公主"抱怨不已、叫苦不迭。被生活亏待的人，莫过于那些身体有残障的人，可就连他们都可以带着灿烂的笑用手语演唱《感恩的心》，我们这些健全的人，还有什么理由不由衷地向生活致谢呢？

"天恩浩荡"，我喜欢把这个"天"字理解成造就了我们、滋养了我们的一切爱与美。乳香与麦香，茶香与花香，墨香与书香……这些香殷勤地熏香了我们的生命，使我们越来越健壮也越来越温文，越来越丰富也越来越美丽；难道，我们不应该向着这慷慨的赐予深深感恩吗？

集盲聋哑于一身的海伦·凯勒曾经问一个从森林里归来的人：你在森林里看到了什么？那个人沮丧地耸耸肩说：森林里有什么好看的？海伦为他的这个回答感到非常意外和遗憾，因为在她看来，那人白白地拥有了一双明亮的眼睛和一双聪敏的耳朵。森林里有那么斑斓的色彩，他却视而不见；森林里有那么动听的鸟语虫鸣，他却充耳不闻。他可怜的心灵失明了、失聪了，所以他才作出了那样令人遗憾的回答。有时候，我们也会犯类似的错误啊！面对自然的秀色，面对亲友的温情，我们常会患上一种叫做"麻木"的疾病，因为可以日日坐享，便不再将珍奇视为珍奇。每天，我们住在爱里却浑然不觉，把一切幸福的拥有理解成了理所应得。对爱麻木的心，最容易被怨恨蛀蚀，而充满了怨恨的人生往往是与成功无缘的。

想想看，我们赤身来到这个世界上，是什么让我们成为了现在的自己？巴金说过这样一句话：我们不是单靠吃米活着。他说得多好！我想说，我们其实是啜饮着"爱"长大的啊！仅仅懂得被动地领受爱，证明你还远未长大；能够被这爱深深感动，证明你已摆脱了那个幼稚的自我；而把这爱理解为一种伟大的赐予，并努力去回报这爱，证明你已走向了真正的成熟。

所以，我愿意借这本书给我深爱的孩子们一个提醒：请认真学好"感恩"这门必修课，因为感恩的过程就是心灵提纯的过程。懂得感恩，你就能拥有幸福，并让爱你的人感到幸福；懂得感恩，你就能成为一个受欢迎的人，"机会"就愿意与你牵手；懂得感恩，你就能"有勇气做我自己"，你的生命之树就容易结出成功的果实。

愿你和我一样爱上那首《感恩的心》，不管心空是阴是晴，让我们一起轻轻地唱："……感恩的心，感谢命运，花开花落，我一样会珍惜。"

目录
CONTENTS

001

总是站起来的那个人 第一辑 {DI YI JI}

对于父母而言,只要看到儿女过得好,过得平安健康,那就是他们最大的幸福。任何时候,儿女都是父母的一切,为了儿女,再苦再累也觉得值。他们甘愿承受一切的艰难困苦,为了孩子,他们可以放弃所有,甚至是自己的生命。为了儿女,他们可以无怨无悔,直到永远,父母总是站起来的那个人,一生为我们奔忙。

目录
CONTENTS

{DI ER JI}
第二辑　用你爱我的方式去爱你

父母之爱不是惊心动魄的,却如涓涓细流般滋润着我们,日复一日、年复一年,世上没有什么比得上父母对子女的那份情、那份爱。我们品尝着父母在平常生活中为我们创造的点滴暖意,共享着亲情融合的幸福温馨,我们在习惯了享用父母的种种关爱时,又用什么来回报父母呢?

目录
CONTENTS

把爱搂进怀里 第三辑

有孩子在身旁的日子里，父母总是快乐的，父母总是不辞辛苦地忙这忙那。为了孩子，他们无私地献出了自己全部的爱。看着孩子慢慢地长大成人，父母的心里也默默地流淌着一股温馨与欣喜。而父母老了，好像是一转眼的事，可他们也不会刻意奢求什么，孩子能够长大成人便成了他们最大的欣慰。

母爱总是如涓涓细流，父爱总如山般壮阔。于是，我们总觉得母爱是琐碎细腻的，父爱则粗糙而稀疏。可是，用什么来形容爱其实并不重要，重要的是，我们感受到没有。如果感受到了，我们能做什么回报父母的爱。爱没有对手，除了爱。

总是站起来的那个人

　　对于父母而言,只要看到儿女过得好,过得平安健康,那就是他们最大的幸福。任何时候,儿女都是父母的一切,为了儿女,再苦再累也觉得值。他们甘愿承受一切的艰难困苦,为了孩子,他们可以放弃所有,甚至是自己的生命。为了儿女,他们可以无怨无悔,直到永远,父母总是站起来的那个人,一生为我们奔忙。

天下所有儿女的成长都离不开母亲的功劳。母亲不但赐予我们生命，哺育我们成长，还教给我们人生的道理，牵引着我们在人生道路上走过一段又一段的路。

我那顽皮妈妈的爱

◆（台湾）李开复

我从小就是一个特别调皮的孩子。但和许多母亲严厉管教的做法相反，妈妈不但容忍我的调皮，而且还特别疼爱我这个父母的老来子。我做一些调皮事的时候，母亲总是微笑地看着我。甚至，有时候，妈妈和我们玩起来比我们还要顽皮得多。

一个暑假，我写了一本武侠小说，里面的人物全是我的家人，我还把小说录音做成了"广播剧"，并用刀叉配音。此外，我还拍了一本相册，里面是我和我的外甥装扮（有些还是反串的呢）的妈妈最不喜欢的演员、球员、广告角色等。可这本相册缺了一个封面。既然都是妈妈不喜欢的东西，我就想拍一张妈妈生气时的照片做封面。为此，有一天我把电梯按住，让妈妈等了 10 分钟，然后我在电梯的另一端准备好相机捕捉她"生气的瞬间"。至今，我的武侠小说和相册还被妈妈放在床边。我想，只有像我母亲那样拥有一颗年轻的心，才会容忍甚至欣赏孩子的调皮、淘气吧。

想来也是，我的调皮应该是遗传自我的母亲。我父亲不苟言笑，但母亲却常常和我们"打成一片"。有一次，哥哥和母亲两个人玩水战，弄得全家都是水。最后，母亲躲在楼上，看到楼下哥哥走过，就把一盆水全倒在他头上。

小时候，邻居夸口说，他的水池里养了 100 条鱼，我们全家都不相信。后来，几个孩子在邻居不在家的时候，决定去把邻居的水池放干，数一数到底有几条鱼。经我们证实,水池里其实只有五十多条鱼。但经过这样的折腾,邻居的鱼死了不少。气急败坏的邻居到我们家抗议,妈妈却一面道歉,一面偷笑,因为"数鱼工程"就是她亲手策划并带着孩子们做的。

我在同龄人中,学东西算是很快的,当其他同龄的孩子还躺在父母怀抱里时,我已经会背"九九乘法表"和古诗词了——这主要得益于母亲的教诲。

母亲坚信我是个最聪明的孩子,所以对我期望最高,管教也最严。我不用功时,母亲会生气地把课本丢到门外;退步时,母亲可能会打我一顿;进步时,母亲则会给我奖励。记得小时候,有一次考了第一名,母亲带我出去给我买礼物。我看上了一套《福尔摩斯全集》。但是母亲说:"书不算是礼物。你要买多少书,只要是中外名著,随时都可以买。"结果,她不但买了书,还买了一只手表作为礼物送给我。从那时起,我就整天读书,一年至少要看两三百本书。感谢母亲的支持,我才能在小小年纪就看了这么多本书,并养成了终身读书的习惯。

我 10 岁的时候,远在美国的大哥回家探亲。看到我整天被试卷和成绩单包围着,承受着升学的压力,没有时间出去玩,也没有朋友,大哥忍不住说:"这样下去,考上大学也没用。不如跟我到美国去吧。"

在父母的期待和鼓励下,11 岁的我来到了美国南方田纳西州的一个小城市。在这个只有两万人的小城市里,来自中国的小学生只有我一个。哥哥送我去了附近的一所天主教小学。第一天入学,我就蒙了。虽然之前也学了不少英文,但我还是听不懂老师和同学们在说什么。母亲一直很担心我能否跟上进度。

还好我还不是完全的哑巴。有一次在数学课上,老师问 1/7 换成小数是多少。我虽然不太听得懂英语,但还认得黑板上的 1/7,这是我以前背过的。

于是我高高举起手,朗声回答:0.142857142857……当时,同学们都瞪大了眼睛,从不让学生们"背书"的美国老师也惊呆了,几乎认为我是"数学天才"。虽然我并不是数学天才,但是,当时年纪小,还是感觉很得意。回家后,我开心地告诉母亲今天在课堂上的表现,母亲显然比我还兴奋。因为我终于开始一点点地适应这里的生活了。

母亲一直不懂英语,但她每年都会花 6 个月时间在美国陪我读书。在每年陪读的 6 个月里,母亲要默默忍受语言不通、文化迥异的生活环境;而在她返回台湾,与我分别的 6 个月里,她同样会为我的学业操心。

临走前，她又郑重地对我说："我还要交代你两件事情。第一件就是不可以娶美国太太。"

"拜托，我才 12 岁。"

"我知道，美国的孩子都很早熟，很早就开始约会，所以要早点告诉你。不是说美国人不好，只是美国人和我们的生活习惯和文化都不一样。而且，我希望你做个自豪的中国人，也希望你的后代都是自豪的中国人，身体里流的是 100% 炎黄子孙的血……"

"好的，好的。飞机要起飞了。"

母亲拉住我的手说："第二件事，每个星期写封信回家。"

没想到第二件事情这么简单。我爽快地答应了。

母亲走后，我突然发现自己一下子变得特别想念台湾。我更想念母亲，常常想到我最喜欢的事情——躺在她的怀里看书。

我在美国接触到的教育方式以表扬和鼓励为主，这让我信心十足，在我幼小的心灵里播下了自信和果敢的种子。凭借着自信和勇气，我很快克服了语言障碍。两年后，在一次州级写作比赛中，我居然获得了一等奖，当地的老师十分惊讶——这个刚适应美国生活的中学生居然还有人文方面的天赋。

我每周都写信把自己在学习上取得的进步告诉母亲，而且每封信都是用中文写的——因为这是我答应母亲一定要做到的事。

后来，我终于明白，母亲临走时叮嘱我的两件事不单是简单地希望我娶中国的妻子，会中国的语言，更蕴涵着一种浓浓的家国梦，深深的中国情。由于母亲的影响，无论我身在何处，我都会关心中国正在发生的一切，因为母亲不止一次提醒我说：

"别忘了你是中国人。"

感恩提示

本文通过简洁的叙述和生动的描写，刻画出一位伟大的母亲形象，读来感人至深！

像文章所描述的那样，天下所有儿女的成长都离不开母亲的功劳。母亲不但赐予我们生命，哺育我们成长，还教给我们人生的道理，牵引着我们在人生

道路上走过一段又一段的路。母亲赞许的目光就像茫茫夜海上的灯塔,永远指引着我们前进的方向;母亲温柔的双手好似神奇的魔法棒,总是在我们最困惑和无助的时候传递给我们信心和勇气;母亲细碎的叮咛如影随形,无论我们多大年纪,无论我们身在何方,总会不经意间悄然在我们的耳畔响起;母亲慈爱的笑脸犹如严冬里的暖阳,驱散我们身心的倦怠,弥合失意带给我们的伤痛,让我们的心灵回归滋润与安宁……

母亲的身材也许并不高大,但母亲的爱却总让我们仰视;母亲的身躯也许并不强健,但母亲的爱却总能赐予我们力量;母亲的肩膀可能并不宽阔,但她的胸怀总能包容日渐丰盈的我们……

母亲是我们人生中最好的导师。当你长大成人、功成名就的时候,一定不要忘了母亲的恩情,哪怕仅仅是真诚地对母亲说一声"谢谢",她的脸上也一定会绽放出无比幸福的笑容!

(田　野)

总是站起来的那个人,是用一辈子在呵护我们的亲人啊!

总是站起来的那个人

◆孙道荣

一家人围坐在餐桌旁,吃饭。

母亲忙好了饭菜,又将饭菜一碗碗端上桌,连筷子都摆好了,这才高声喊我们:"开饭了!"于是,一家人从各自的房间里走出来,围坐在餐桌旁,一边吃着热乎乎的饭菜,一边开始聊一些五花八门的话题。

话题是聊不完的。儿子学校里发生的新鲜事;妻子单位里的同事哪个又结婚了,哪个又离了;妹妹的生意,永远像股市一样波澜壮阔;我的写作进度,还是像老驴拉磨……在所有人中，儿子抛出的话题，常常获得最高的关注；最难得发言的是母亲，她端着饭碗，眼睛盯着讲话的人，似乎插不上一句嘴。

忽然有人喊，汤勺呢？闻声一看，鸡汤盆里，漂浮着缕缕香气，却没有汤勺。母亲赶紧放下饭碗，站起身，喃喃笑着说，你瞧我这个记性，又忘记拿汤勺了。样子像个犯了错误的孩子。母亲迈着碎步，走进厨房，拿来了汤勺。

大家继续吃饭。儿子手舞足蹈地给我们讲了一个班级里发生的笑话。不小心，筷子被碰落到了地上。儿子弯腰捡起筷子，我正准备让他自己去厨房再换一双，母亲已经放下饭碗，站了起来，去厨房又拿了一双干净的筷子来，递给儿子。儿子接过筷子随口说了声，谢谢奶奶。母亲笑得眼睛眯成了一条线："这孩子，跟奶奶客气啥啊！"

大家埋头吃饭，谁夹起一口菜，嘀咕了声："好像有点儿凉了。"

母亲放下饭碗，站起身："我去热一下。"说着，端起两盆炒菜，走进了厨房。不一会儿，母亲就端着两盆热气腾腾的菜，回到了餐桌旁。

大家都将筷子伸向那两盆热菜，真好吃……

"丁零零！"突然，家里的电话响起来了。我正准备起身去接，母亲已经站了起来："你们快趁热吃饭，我去接电话。"

母亲的饭碗，搁在桌上，已经看不到一丝热气，估计吃了一半的饭，都凉透了。突然意识到，仅仅这一顿饭工夫，母亲就已经放下饭碗，站起来三四次。饭桌上，母亲就像时刻绷紧了弦的士兵一样，随时准备站起身来。

母亲一次次站起来，是想让我们其他人安心地吃顿饭啊。

如果留意一下，就会看出，其实在我们每个家庭的饭桌上，都有这样一个人：当厨房里的水烧开了，当菜凉了需要再热一下，当电话铃声响起，当谁需要餐具或调料……他（她）总是及时站起身来，去帮我们。这个人，如果不是我们的母亲，就一定是我们的父亲。

总是站起来的那个人，是用一辈子在呵护我们的亲人啊！

感恩提示

这个故事通过生活中一个我们习以为常的细节来表现母爱：为了让家里人安心地吃顿饭，母亲一次次站起来。"仅仅这一顿饭工夫，母亲就已经放下饭碗,站起来三四次。饭桌上,母亲就像时刻绷紧了弦的士兵一样,随时准备站起身来。"读到这里,我们会情不自禁地想到自己的母亲,想到母亲在我们身前身后不停操劳的身影!

人世间万般真情中,最伟大、最尊贵的是亲情。世上的亲情,也唯有母爱是如此的细腻和无微不至!母爱如一只迟迟不忍长大的蝉留在树上的蝉蜕,那些爱意浓浓的岁月依然在阳光里,温柔无比。

母亲用一辈子在呵护我们,当母亲老了的时候,我们也应该学会细心地照顾母亲,就像当初她照顾我们那般。这才是对母爱的最好回报!　　　　(鲍亚民)

在最危急的时刻,把生的希望留给我们,甚至不惜付出自己生命的,只有父亲母亲!

一只让人流泪的水缸

◆包利民

朋友乔迁,我们前去祝贺,在她一百多平方米的房子里,摆放着许多新潮的家居用品。忽然我发现在卧室里有一样东西极不适宜地立在那儿,那是一只一米多高的水缸,很旧的颜色,缸口处还有许多裂痕。就因为这只缸,整个房间的布局和格调全被破坏了。

我们围着那只缸看,很普通的那种,绝没有什么收藏价值,真想不通她为什么把它放在这里。这时朋友走过来,说:"我搬了几次家,许多东西都送人或扔掉了,只有这只缸我一直带着。"我们静静地看着她,知道关于这只缸一定有着令人难忘的故事。她沉默了一会儿,便开始给我们讲起来。

那是二十年前的事了。那时,这座林区城市还很闭塞,楼房少,都是大片大片的平房。每家的院墙都是用木板搭成的,院子里的小棚子什么的也都是木制,林区里就是不缺木头。她家住在一片平房区的中间位置,父母都是普通工人,家里只有她这么一个孩子,那一年她只有六岁。

那是一个周日的午后,正是炎热的夏天,几乎每家每户都在午睡。忽然就起火了,由于木头多,火势蔓延快得吓人。她从睡梦中被父母推醒时,外面已是一片红彤彤的火海。这种居住区房屋很密集,狭窄的巷弄消防车根本无法开进来,所以火越烧越大。父亲抱起她冲出院门,烈焰飞腾浓烟滚滚,已经没有路可以冲出去。周围都是绝望的哭喊声,她看到这个情景,吓得都不会哭了。

父亲观望了一下,把她递到母亲怀里,然后冲向院子里的那只水缸。他用水桶拎出一桶水来,从她们母女二人头上浇下去,她被父亲这突如其来的举动吓得叫起来。父亲又把一桶水浇在自己身上,然后把缸推倒,水都淌了出来。父亲抱过她,将她塞进缸里,说:"无论多难受都不要出来!"她蜷缩在缸里,忽然觉得缸滚动起来,她随着缸的滚动翻转着,一时有些晕眩,赶紧闭上眼睛,用脚死死地抵住缸壁。

过了一会儿,她觉得越来越热,缸壁也慢慢变得烫起来,她身上的水都变成了白白的蒸汽。她睁开眼从缸口望出去,所见之处都是大火。她吓得又闭上眼睛,觉得缸滚动得越来越慢,她快坚持不住了,大声喊着爸爸妈妈,却听不到回答。不知过了多久,她被人从缸里拽出来,空气清凉了许多,她清醒过来,哭喊着爸爸妈妈。她忽然看到了那令她终生难忘的一幕,那只缸仍在那里,大火仍在不远处燃烧着,而她的爸爸妈妈,仍弓身站在缸后,四只手放在缸上,保持着推缸的姿势!他们已经死了,全身烧得黑糊糊的,可她还是一眼认出了他们。面对这一幕,在场的人无不落下泪来!

说到这里,朋友的眼泪淌下来,她用手轻轻抚摸着那只缸,说:"我可以想象出,爸爸妈妈怎样忍受着大火烧身的剧痛,一路把缸推了出来,是他们,用自己的生命换来了我的平安……"

她已泣不成声。

我们的眼泪也都落了下来,看着这只缸,我仿佛看到了火海中那惊心动魄的一幕。这就是世界上最伟大的亲情啊,在最危急的时刻,把生的希望留给我们,甚至不惜付出自己生命的,只有父亲母亲!

感恩提示

　　《一只让人流泪的水缸》讲述的是一个震撼人心的故事！火灾发生时，父亲母亲没有只顾自己逃生，而是把她放到一个水缸里，拼命地为她开辟出一条通往光明的坦途！"她忽然看到了那令她终生难忘的一幕，那只缸仍在那里，大火仍在不远处燃烧着，而她的爸爸妈妈，仍弓身站在缸后，四只手放在缸上，保持着推缸的姿势！他们已经死了，全身烧得黑糊糊的……"通过作者绘声绘色的描写，我们仿佛也看到了火海中那惊心动魄的一幕，那只让人流泪的水缸，承载的乃是一段让人流泪的父母深情啊！

　　在这个世界上，父母之爱是最伟大的，是人类史上唯一不掺杂一点杂念和虚伪的最朴实最纯真的情感。正如本文作者所说："在最危急的时刻，把生的希望留给我们，甚至不惜付出自己生命的，只有父亲母亲！"而在平时的日常生活中，父母们对我们的奉献和付出也是无怨无悔的，父母之爱是伞，为我们遮风挡雨；父母之爱是衣，为我们送来温暖；父母之爱是灯，为我们送来光明；父母之爱是光，照亮我们的心灵！

　　虽然天下的父母们从来都是只知付出，不求回报，但为人子女者，还是应该力所能及地报答父母的恩情。有时候，哪怕仅仅是一句感谢的话语，一个感激的微笑，一个感恩的拥抱，都足以让父母感到快乐和幸福！

（田　野）

成功也许不能复制，但成功的模式可以复制，这条由父爱验证的
成功真相确实是让人走出人生困境的好方法。

父爱是把铁锹

◆马　云

　　1964 年 9 月 10 日，我出生在浙江杭州的一户普通人家。从小学到中学，身材瘦小的我有一个和自己身体条件很不匹配的爱好——打架，还因此缝过 13 针，挨过处分，父亲为此帮我转过三次学。

　　当时，父亲是一家戏剧协会的负责人。或许是为了陶冶我的情操，在我们兄妹三人当中，他带我看戏最多。我对戏里吴侬软语似的唱腔丝毫不感兴趣，倒是对武生们在台上的好身手佩服不已，开始痴迷武术，学起散打和太极拳来。

　　母亲不无惋惜地对父亲说："儿子天生不按常理出牌，说教只怕已无用途！"父亲苦笑道："那我就当把铁锹，一天一小铲，尽量挖出他的闪光点，再用闪光点去填埋他的劣根吧！"可当时想在我身上找出闪光点，父亲真是费了番愚公的精神。

　　直到有一天，父亲发现无论他对我唠叨什么，我都用学到的英语回敬时，他很有些大喜大悟："你小子是不是在用英语骂我呢？那好，你好好学英语，学到能随心所欲地讲，那样骂人才会痛快！"实际上，父亲看到我对英语有兴趣，就骑着自行车带我到西湖边找老外聊天。我用所学的只言片语与老外们越聊越开心，越聊越过瘾，学习英语越来越带劲了。

　　从初中到高中，我其他各科成绩都很平庸，唯有英语，它真的成为我的闪光点，我几乎包揽了大小英语考试的年级第一名。但这个唯一的闪光点无法遮掩我严重偏科的事实，第一次高考，我英语成绩是全年级第一，数学是倒数第一。

高考落榜后,我决定出去打工,和表弟去一家宾馆应聘保安。结果,表弟被录用了,我却因个头矮被淘汰。那时,我的心几乎被各种打击敲碎了。父亲见我意志越来越消沉,悄悄找了个关系,让我替《山海经》、《东海》、《江南》三家杂志社蹬三轮送书。沉重的体力劳动加上每月30.5元的工资让我渐渐麻痹掉高考落榜带来的痛,我甚至开始认为,这也许就是适合自己的生活方式。但父亲却像是一把铁锹,开始刻意铲凿我高考落榜的痛处,他对我说:"你每天踩20多公里路来来回回都不累,为什么就不能再走一遍高考的路呢?"

　　父亲的话让我下了决心:参加第二次高考!我报了高考复读班,天天骑着自行车,两点一线,在家和补习班之间往返。然而金榜题名的美好结局依然没有出现,这一次,我的数学只考了19分,总分离本科录取线相差140分。

　　这一回,我自己执拗地决定第三遍走高考的路!父亲是全家唯一没有反对的人,并煞费苦心地为我请到了一名杭州市的数学特级老师,每周给我做两次辅导。1984年7月,第三次从高考考场走出来的我,数学考了79分,但依然离本科线差5分。或许是我们父子俩的精神感动了上苍,当年杭州师范学院本科没招满,我终于跌跌撞撞读上了本科,还被调配进入英语专业,捡了个天大的便宜。

　　进入大学,所学专业正是我的闪光点,这让我如鱼得水。专业成绩十分优秀,自信心一下子膨胀起来,我开始积极参加校内外各种社团活动,随后不仅成为学校学生会主席,还登上了杭州市学联主席的位置。毕业后,我因为英语的优势,被聘为杭州电子工业学院的英语教师,并凭着独到的教学方法而当选1995年杭州市十大杰出青年教师。随后,我作为英语翻译首次访问美国,从而得以接触到因特网。回国后,我很快组建了中国第一批网站之一的"中国黄页"。1999年,我创办阿里巴巴网站,开拓了电子商务应用,尤其是B2B业务。目前,阿里巴巴是全球最大的B2B网站之一。

　　短短十几年,我的生活仿佛是《一千零一夜》里"芝麻开门"的神话故事,发生了翻天覆地的变化。但我没有觉得不可思议,因为父亲用几十年的父爱一铲一铲为我开凿出了最宝贵的成功真相——发掘出你的兴趣,去做你感兴趣的事,再把它变成你的特长,最后让你的特长发挥最大的潜能!

　　成功也许不能复制,但成功的模式可以复制,这条由父爱验证的成功真相确实是让人走出人生困境的好方法。如果一个高考落榜两次、第三次靠替补而读上本科的人都能借此成就梦想,那么你凭什么做不到呢?

在神话故事《芝麻开门》中，阿里巴巴只要念一句"芝麻开门"，就能打开通往财富的石门。而在《父爱是把铁锹》这个故事里，帮助马云打开成功的大门的，并不是什么神奇的咒语，而是父亲对于儿子那份锲而不舍的真爱！

与当下很多父母硬逼着孩子学这学那的做法不同的是，马云的父亲没有逼着他去学习他不喜欢的东西(比如唱戏)，而是本着因材施教的想法，鼓励马云去学习他真正感兴趣的东西，挖掘出了马云身上的闪光点。在马云遭遇挫折之际，父亲又鼓励他继续奋斗，并煞费苦心地请来名师给予辅导，终于让马云突破自我，圆了上大学的梦想，并取得了后来的一系列成功！

父亲爱孩子是天经地义的事情，但并不是每一个父亲都懂得如何去爱。有的人以为娇生惯养就是爱，有的人以为严格打骂就是爱，而本文却告诉我们：真正的父爱，应该像恩公一样，一铲一铲发掘出孩子的兴趣，让孩子去做他感兴趣的事，帮助孩子发展特长，并让孩子凭借特长发挥其最大的潜能！——这才是最高明的父爱，也是一个人最宝贵的成功真相。

(王丽娟)

总有那么一群人，他不知道五一是几号，因为他们从来不给或者不曾想过要给自己放假。她可能是你的母亲，他也可能是我的父亲。

五一是几号

◆安 勇

爹一共来过我的学校两次，两次都让我丢尽了脸面。

第一次，爹送我报到，走到学校门口，突然停下来，把行李从左边的肩膀换

到右边，咳嗽一声，冲地上重重地吐一口痰，用他山里人的嗓门儿冲我吼道，老丫头，给爹念念，这木牌子上写的啥玩意儿？我看见好多道含义复杂的目光，像训练有素的士兵听到口令一样，整齐划一地从四面八方围拢过来，最后全都落在我和爹的身上，好像我和爹都是怪物。这些目光烤得我脸红心跳，我跺跺脚，没理爹，逃似的跑进了校园里。

爹根本没发现我已经不高兴，迈着大步，咕咚咕咚地从后面追上来，固执地把他的问题又问了一次。我无可奈何，小声说了我考上的那所大学的名字。走向宿舍的一路上，爹非常兴奋，只要遇到人，不管人家理没理他，他都扯着嗓门儿，用手指着身边的我，自豪地说我是他的老丫头，考上了某某大学。还说，我从小就是学习的材料。爹可能一点儿也没想到，在这座校园里说这话，非常不合适。最后，我实在忍不住，带着怨气喊了一声爹。爹却不以为然，在宿舍里，对同学们又介绍了我一遍。然后，爹卷一支旱烟，心满意足地吸两口，又补充道，俺家老丫头是个要强的孩子，这回可有了大出息！

爹第二次来是在一年前，像现在一样，正是五一节前夕。同宿舍的姐妹们都在说黄金周的假期，计划着去哪里旅游。爹没有敲门，"咣当"一声推开宿舍门就闯了进来。惹得姐妹们顿时一阵惊呼，慌作一团——天气热，她们都穿得很少。爹一点儿也没意识到人家为什么尖叫，一进门就喊我老丫头，问我，带的山野菜吃没吃光。对我说，妈让他给我又送一袋子来。爹的肩上背着一只鼓囊囊的麻丝袋子。我看看姐妹们，再看看爹，脸上一阵发烧，不知道该对爹说些什么。爹打开口袋，妮子妮子地叫着，用他的两只大手，从袋子里捧出一把把野菜，自作主张地放在姐妹们的床上。即便人家拒绝他的礼物，他仍然把它们一一送了出去，还不厌其烦地说，菜已经用盐腌好了，拿热水泡一泡，就能下饭吃。

爹送完了礼物，卷一袋烟，毫不理会姐妹们捂住鼻子和嘴，坐在我床上有滋有味地吸了几口后，听见了姐妹们说黄金周旅游的事。不知道爹为什么会对这件事特别好奇，他站起身，问她们，黄金周是什么意思？一个姐妹憋住笑告诉他，黄金周就是七天的长假，可以不用上课，还可以出去旅游。爹就显得更加纳闷儿，问，好端端的，学校干啥要放长假？那个姐妹轻声地笑了，另有两个姐妹也笑出了声。一个姐妹忍住笑说，因为要到节日，五一劳动节，所以学校才放假。爹又问，劳动节是什么节？

我无法忍受爹再这样傻乎乎地问下去，抢着告诉他，劳动节就是全世界劳动者的节日,也叫五一节。

爹似乎明白了学校为什么要放假,点着头,反复念叨着劳动节和五一,从嘴里吐出一口浓浓的烟,突然又问了一句,劳动者是些啥人呢,谁答应让他们过节的?

爹这句话说完后,宿舍里的姐妹们再也忍不住,一齐发出了响亮的笑声。爹也咧开嘴笑了笑,摸着自己的脑袋问我,老丫头,你告诉爹,那个劳动节——五一是几号呢?我羞愧得满脸通红,抱怨地喊了一声爹,眼泪就流了下来。爹没看到我的泪水,又接着问姐妹们,旅一次游得花多少钱?

爹离开学校五天后,我收到了他寄来的300元钱,在附言里写着"旅游"两个字。半个月后,我收到了爹的信。爹不识字,信是我的小学老师写的。在信里,爹问我,寄的钱是不是已经收到了。爹还说:爹的老丫头和别人比,不缺啥也不少啥,人家去旅游,你也得去旅游,钱可能不太够,找便宜的地方去游吧!在信里,爹还说,他已经知道了劳动节是全世界劳动者的节日,也知道了五一是5月1号。爹说,他还知道了,原来自己也是一个劳动者。最后,爹让我放心去旅游,不用惦念家里!在信纸的背面还写着一句话:祝老丫头劳动节快乐!

我没想到,暑假回到家时,竟然看见爹瘸了一条腿。爹看见我,有些慌张,咧开嘴笑了笑,响亮地冲着屋子里喊,她妈,赶紧杀鸡,咱老丫头回来了!

妈告诉我,爹的腿是在崖上采山野菜时摔断的,那面崖很陡,但长的野菜很新鲜,一看就知道能卖好价钱。妈还说,你爹盼着多采些野菜,好快点儿还上那300元钱的债!

爹从此再没来过我的学校。

我刚刚给他和妈寄了一封信,信的末尾写着两句话,祝爹劳动节快乐!祝妈劳动节快乐!写下这两句话时,我哭了,眼泪滴到了信纸上。

人,常常会在一种特殊的境遇下变得异常敏感,这也许是一种维护自尊的需要,但更确切一点说,这是虚荣心在作怪。于是,当我们卑微、怯懦、老土、粗俗的父亲或者母亲闯入我们的新生活时,我们给予的回报就是一顿着着实实的难堪甚至是羞辱。我们很多人都这么干过,人或许是自私的,自私到为了保护自己的尊严,牺牲父母的颜面也在所不惜。然而,天下没有跟儿女过不去的父母,即使再大的羞辱,父母也会原谅自己的孩子,甚至不需要任何理由。

这个世界上,也许总有那么一群人,他不知道五一是几号,不知道一年的365天里有一天是自己的节日,因为他们从来不给或者不曾想过要给自己放假。她可能是你的母亲,他也可能是我的父亲。 (王　嘉)

母亲的生字本上歪歪斜斜地写着这样一些汉字:杨帆杨剑杨静杨玲爱你们。母亲最终没有学会写"我"字。

母亲的作业

◆贺点松

驱车从千里之外的省城赶回老家,杨帆直奔县人民医院。

"我母亲得了什么病?严重吗?"他急切地问主治大夫。

大夫看看他说:"胃癌晚期。老人的时间不多了……"

杨帆顿时泪如泉涌。

出了诊室,杨帆立即用手机通知副手,从今天起由他全权负责公司事务。杨帆要在母亲最后的日子里陪伴在母亲身边。

父亲早逝,为拉扯他们兄妹四个长大,母亲受尽了千辛万苦。母亲的腹痛是从两年前开始的,杨帆兄妹曾多次要带母亲到省城医院检查,每次母亲都说:"不就是肚子痛吗,检查个啥,吃点儿药就好了,妈可没那么娇气!"母亲总是这样,生怕拖累儿女,生怕影响儿女们的工作。

杨帆开始守在母亲的病床边。母亲每天都要忍受病痛的折磨。杨帆想方设法转移母亲的注意力,减轻母亲的痛苦。他跟母亲聊天儿,给母亲讲一些有趣的事情,用单放机让母亲听戏……有一天,陪母亲闲聊时,母亲忽然笑道:"你兄妹四个都读了大学，你妹妹还到美国读了博士。可妈连自己的名字都不认得，竟然也过了一辈子。想想真是好笑……"杨帆脑海里立刻跳出一个念头，就对母亲说："妈，我现在教你认字写字吧！"妈笑了："教我认字？我都快进棺材的人了，还能学会？"

"你能，妈。认字写字很简单的。"

杨帆就找出一张报纸，教母亲认字——

他手指着一则新闻标题上的一个字，读："大。"

母亲微笑着念："大。"

他手指着另一个字："小。"

母亲微笑着念："小。"

病房里所有的人都向这一对母子投来了惊讶、羡慕和赞许的目光。

隔了几天，杨帆还专门买了一个生字本，一支铅笔，手把手地教母亲写字。母亲写的字歪歪斜斜，可是看起来很祥和，很温馨。当然，母亲每天最多只能学会几个最简单的字。可是母亲饶有兴趣地让杨帆教她写他们兄妹四人的名字，写那几个字时，都是满脸灿烂的笑容，不像一个身染绝症的人了。

一个月后的一个深夜，母亲突然走了。那个深夜，杨帆太累了，趴在母亲的床边打了个盹，醒来时，母亲已悄然走了。

母亲是面带微笑走的。母亲靠在床上，左手拿着生字本，右手握着铅笔。泪眼蒙眬的杨帆看到，母亲的生字本上歪歪斜斜地写着这样一些汉字：杨帆杨剑杨静杨玲爱你们。"爱"字前边，母亲涂了好几个墨疙瘩。

母亲最终没有学会写"我"字。

感恩提示

为什么母亲一直到生命的最后一刻仍然没写出那个"我"？恐怕不是母亲学习识字的时间晚那么简单。

因为，那个"我"字已经分散了，化成细雨，分洒到了作为子女的"我们"的身上，心里，生命中。"我们"作为母亲的孩子，理所当然、心安理得地消耗着母亲的青春、生命、精力和对每个人来说都不会再有第二次的时光。于是，在母亲带着淡淡的遗憾走了之后，"我们"忽然就醒悟了很多关于人生、关于生命、关

于爱的东西,之后,"我们"终于泪如雨下。

可惜的是,有太多的人的"泪如雨下"都来得稍微晚了那么点儿,因为一个简单的道理:"无论你年纪多大,母亲走后你都是孤儿。"可"我们"总是在失去之后才去寻找,才知道"珍惜"的含义。

如果品读这些文字之后你能不做那"太多的人",那么,回去轻轻依偎在已经青春不再的父母身边,哪怕你什么话都不说,只一小会儿的依偎,就已经是够让父母们欣慰了。

(许高英)

她没有时间思考,用离弦的箭或是呼啸的风都无法形容的速度冲向了火车下正处于生死存亡关头的女儿。

母爱等于 0.018 秒

◆Kasuki

一刹那有多久?科学家告诉我们,一刹那是 0.018 秒。

一刹那是时间单位,可我们常常只用年月日来测量时间,唯有母亲用刹那来计算与孩子共度的时光。

2005 年 9 月 5 日中午,和往常一样,陈静送女儿李纯去学校。

从家里走到纸坊实验小学得经过一道铁路桥,桥下是潮湿黑暗的涵洞。接连几天下雨,涵洞里积满了既深且黑的水,陈静便带着女儿沿台阶登上了铁路桥。

12 时 35 分,铁轨上静静地停着一列货车,很长,庞然大物一般,正好挡住李纯上学的路。如果想绕过火车,估计得往前走上十来分钟。

李纯决定从火车下穿过去,她笑着对母亲挥了挥手,说着"妈妈再见"就朝火车跑去。她一边跑还一边回头看着母亲,所以她是将腿和身子先伸到火车下方的。就在那一刻,火车轰隆隆启动了。

李纯小小的身体一震,就僵在火车底下动也不会动了。她还没有完全钻进去,火车车轮眼看就要从女儿的胸部碾过。

陈静正站在离女儿几米远的地方。她没有时间思考,用离弦的箭或是呼啸的风都无法形容的速度冲向了火车下正处于生死存亡关头的女儿。往前奔的力量是如此之大,以至于她根本无法将女儿从铁轨上拔出来,而是一把拽起女儿小小的身体,两个人都冲到了火车底下。

没有任何犹豫,陈静用身体将女儿压在身下。她一头栽到铁轨枕木间的石头上,顿时鼻青脸肿,但她感觉不到;车厢底部的铁板和每两节车厢间牵引的铁钩从她的背部硬生生地刮了过去,鲜血从单薄的衬衣里大面积渗了出来,她感觉不到;她的右脚仓促间撞到车厢底部,当场骨折,这刺骨的疼痛她也感觉不到。她满心全是另一种钻心的痛苦——女儿的生命保住了,然而女儿来不及缩到车厢底下的右手却被车轮碾过。

火车全然没有察觉地越开越快,越走越远。陈静站起身,一把将女儿背到背上,一手拾起女儿的断手,迈开步子就往铁路桥下冲。

她走了几步才发现自己的姿势不对劲,然后身体不受控制地倒了下去,原来她的脚已经骨折了。

陈静尽可能以最大面积着地,这样女儿就可以摔倒在她的身上,而她紧紧抓着的女儿的断手一直指向天空,她怕弄脏了它。

一小时后,陈静母女俩被江夏区人民医院转送到广州军区武汉总医院。陈静背部大面积严重擦伤,脚也骨折了,但没有生命之虞。女儿李纯除了腕部碾断外,全身几乎没有伤痕……

2005 年 6 月 14 日,22 岁的牙买加选手阿萨法·鲍威尔创造了百米 9 秒 77 的新世界纪录,当时他的起跑反应达到了惊人的 0.15 秒。

2005 年 9 月 5 日,中国武汉一处铁路旁,一个平凡女子只用一刹那的时间便完成了起跑、冲刺的全过程。

一刹那有多久?科学家经过精确计算表明,一刹那等于 0.018 秒。

这位平凡女子的名字也许不会被世人记住,虽然她创造了她自己永不可能再创造的奇迹——速度与起跑反应远远超越世界纪录的奇迹。然而,她的另一个名字必将永远被人们牢记,那就是——母亲。

可能从来没有一个人这么衡量母爱的具体时间，母爱其实是没有单位的，它不能用时间、空间、单位等计量单位量化，但是当母爱具体到某一时刻，某一地点，某一方式时，除了量化，我们一下子还找不到什么能让人如此具体而又震撼地感受到母爱。

我们总是用伟大、圣洁、无私等感性的词汇来形容、概括、总结母爱，这样让一种感激、一种感动充盈心间，觉得这样可以无限大地表明我们对母亲的感谢、回报。但是，恰恰是这些感性而又没有具体形状的词汇，慢慢让我们对母爱这个词习惯为平常并且正常的麻木。当有一天母爱用一种单位来表现时，0.018秒，就让我们恍然领悟了世界。是的，母亲能创造任何奇迹，包括那些神奇到不能改变的世界纪录。世界纪录又怎样呢？到了母爱面前，不堪一击。

如果母亲用身体、生命和奇迹向孩子展示了自己的神奇和不可能，那么作为孩子的我们呢？也许，回报是唯一能做到的感恩。

(邓燕云)

看着熊熊燃起的火舌，我冰冷的身心都异常温暖。父亲的形象随着红红火火的炉子越来越清晰、高大！

麻袋里的父爱

◆曾丽蓉

几年前，我初中毕业后，带着自己的梦想和亲人的希望，来到县里上高中，单独一个人租房生活，这是我第一次远离家乡和父母。

一天，冷风刺骨，往年南方很少见的大雪肆虐乱飞，真正的寒天到了。教室里的我们一个个冻得直搓手跺脚，说话时一团团白气从口里冒出来。放学了，我们一个个紧了紧衣衫，低着头快步往家赶。

"放学啦，小侠。"父亲眼角带笑。

"爸，你怎么来了？还有客车跑吗？"我意外地发现等在屋外面的老父亲。

"我们那里没下雪，车子到了瓢井才看见下雪的。天冷了，你们放假都还要补习，我给你送点儿东西来。"

"来很久了吧，怎不去学校找我拿钥匙？外面这么冷！"我看着脸色本来就蜡黄，此时由于受冻脸已变成青灰色的父亲。

"将（刚）来一会儿，我怕到学校找你影响你听课，所以……"

"快进屋吧，爸。"我打断父亲的话，心里明白其实父亲是担心自己扛着那两个麻袋的乡巴佬相给女儿丢脸。

"爸，这都是些什么呀，这么两大袋！"我奇怪地问。

"一袋是大米、面条和家里舂的一点儿糯米粑；另一袋，是干枯了的竹片，给你发（生）火用。你一个人烧煤，火爱熄灭，天又冷，用这个发（生）火会快一点儿，它接火快。"

父亲边说边把那些吃的拿出来放好。

"那竹片就不要取出来了，用时再拿。"我不在意地说。事后我才想起，上次父亲来时，我煤火熄灭了，老生不起来，肚子又不听话地咕咕直叫，父亲让我跟他去小粉馆里吃了一碗热气腾腾的米粉。第二天，我良心发现去给父亲配了一把钥匙。父亲走后的第二天中午，我放学回来，炉子冰冷，火又熄灭了。我又冷又饿又急，赶紧找出焦炭准备生火，可隔壁几间屋都没人，找不到火种。一个冷战过后，想到父亲带来的竹片。

打开麻袋，一小捆、一小捆的干枯竹片整整齐齐地躺着。我掏出来几小捆，一片大约有 5 寸长，5 分宽。我点燃火，一会儿就烧了起来。看着熊熊燃起的火舌，我冰冷的身心都异常温暖。父亲的形象随着红红火火的炉子越来越清晰、高大！

父亲只要出差就要给我买东西，大到裙子衣物小到发卡袜子。当同学们夸我穿的衣服好看时，我心里美滋滋的。当我说是父亲去外地出差买的时，她们一个个更是惊叹不已，都羡慕我有一个这么好的父亲。她们的父亲从来没给她们买过衣物什么的，更别说发卡袜子了，这好像都是母亲的事情。其实她们心里也希望父亲不只是大处着眼,她们很想要这种点点滴滴的父爱。此时我的心里不只是美了,更是感动!父亲给不起我城里人的阔气,却给我那春雨般的父爱!父亲从没有豪言壮语要怎么样怎么样,平时他话很少,很普通务实,他来一次就要帮我把暂缺的生活用品添补上,比如鸡蛋味精酱油,香皂洗衣粉,牙膏牙刷——他听别人说牙刷最好一个月换一次。要是没了油他还去买肉来熬油,精瘦的,洒上盐巴后,再放到滚烫的油里过一过,嘱咐我记得吃免得坏掉。还有他发现那些煤炭块太大,就用锤子把它们全打成鸡蛋那么大的,让我好烧火,因为我用的是小炉子。父亲来一次总是忙忙碌碌的,很少坐下来休息。他是希望自己能为我把什么都做了,让我一心一意读书。还有尽管父亲把我需要的几乎都买齐了,但临走时他还是要给我些钱,有整的零的,整的我好存放,零的我好用,不用去换零钱。父亲还说我正在长身体又读书动脑,没油没蛋没肉吃不行,要注意吃好穿暖,衣服不够就添,不用担心家里。其实由于种种原因,家里一直很缺钱,我上初三时已是债台高筑。父亲长年累月一件天蓝色中山装,哦,还有一件黑色的半大衣,那是哥哥上大学时穿不要了的。家里别说鸡蛋、肉,就是猪油都经常断顿;生病不去看,那是家常便饭。由于病情一再累积,后来父亲病情突变差点就提前走了。就是现在想起来我也忍不住一阵悲从中来,鼻子痒痒的,心里直想哭。

我清楚地记得,那时的父亲干瘦干瘦的,额上的皱纹犹如刀刻,头发与年龄不相称地白了一大半,脸色灰黑蜡黄。可只要哥哥和我有需要,他无论如何都要尽量满足我们,如果不能满足或是不能让哥哥和我太满意,他就自责不安,经常半夜三更睡不着起来抽旱烟解闷。随着袅袅升起的烟雾,父亲的皱纹越来越密,两眼越来越深陷。别看这些竹片那么不值钱,作用也不大,可那是父亲从一百多里外的家乡带来的,是父亲在忙碌的工作之余一片一片地收集,一片一片地折断,扎成一小捆一小捆,再一小捆一小捆放入麻袋,然后从几里外的山村搬到小镇来上车,到了城里又从几里外的汽车站亲自搬到我住的小屋里的。城里虽然有人力平板车,但父亲舍不得花钱雇,当然电三轮他就更不会坐了。看看红红的火焰,再注视那些不起眼、雨水淋湿又晾干的有点儿丑陋的小小竹片,泪水顺着脸颊滴到了那小小竹片上,蒙胧中我仿佛看见父亲正佝偻着腰,一片片地打理,一捆捆地理齐,然后呼哧呼哧地运到小镇,再从汽车站气喘吁吁地运到我这里,布满皱纹的额头上满是晶莹的汗水。竹片虽然轻但多,那是整整一大麻袋！况且还稍带有另一袋沉甸甸吃的啊！

然而，这整个事件在别人看来不仅傻气，而且竹片本身也很丑陋，但片片都浸透了深深的父爱，浓浓的亲情啊！他是那么细致绵长！那么真诚淳朴！那么可爱美丽！

我噙着眼泪把没烧完的那些竹片，用心理齐后再仔细装入麻袋。

感恩提示

也许有人看到文章的标题就笑了：麻袋里的父爱，内容肯定是真实的，沉甸甸的父爱嘛。但是，包装太粗糙了，装在麻袋里。

其实即使你咪咪笑了也没关系，作者就是想告诉我们，当初的"她"，曾经怎样在这粗糙的麻袋包装里感受着父亲浓密而又细腻的爱的呵护。一切，都散在那些细碎的东西里，竹片、小零食、几件漂亮的衣服、一条粗糙甚至可能破烂的麻袋。那些日子明显是清贫又清苦的，求学和家境合在一起，一般总是清冷的现实让人沉重。可是那些粗糙的呵护，无疑就是那些日子里温暖而又明亮的火焰，这，就是生活的动力，前进的保障。

如果父母离去了，即使我们再成功，过上怎样温暖而又舒适、富裕的生活，他们也无法享受了。作为子女，也许这才是最最遗憾的事情。因为我们再孝顺，再知道感恩，可是父母不在了，无处回报。所以，珍惜眼前的所有，最重要的是现在和现实。如果愿意，给身边的父母一个拥抱，哪怕是最最粗糙的。　　　　　　(苏海平)

　　她们在有限的生命里,把自己最可能的爱,全部给了孩子,想到后面可能会有一个同样爱自己孩子的母亲,她们没有遗憾。

一纸遗嘱两份母爱

◆子 樵

　　经不住小芸游说,她妈妈终于同意跟我爸"接触接触",就等我全力攻克最后的堡垒了。可在我一轮轮"苦口婆心"的规劝下,父亲总是淡淡一笑不置可否。他才50岁,我实在不忍心看他一个人寂寞地度过晚年。

　　小芸的父亲早在4年前去世。我和她在一次闲聊中突发灵感:既然我们好得像亲生姐妹一样,何不干脆两好合一好,把各自的家长撮合到一块儿?我们为这伟大的决定还策划了一个晚上。

　　但当我正要进一步向父亲软磨硬缠时,忽觉不对劲,一看台历,后怕地吐吐舌头,赶忙给小芸打去电话——我亲生母亲的忌日将至,这几天"不宜行动"!

　　料峭的寒风夹着丝丝冷雨,万年青和小松柏也似在瑟瑟战栗,空旷的墓地揪心的清冷。父亲默默地伫立在凄风苦雨中,一如我从小的记忆:每逢清明或两个忌日来扫墓,他那棱角分明的嘴唇总是在微微翕动,似在与他的妻子们喃喃诉说家常。市郊南山下这片墓地,长眠着两位在父亲生命中仅是匆匆过客的女人,她们与心爱的丈夫白头偕老的心愿,已先后沦为九泉之下永远的遗憾。

　　母亲去世那年我只有3岁,无法想起许多在咿呀学语、蹒跚学步时的往事,只能凭遗像才能依稀回忆起慈爱的亲生母亲,回忆起她那温暖的怀抱,还有那淡淡的乳香。在我刚刚成人时,还因为她而脸红心跳地憧憬着做一个母亲,我相信沉浸在那样的温暖那样的馨香里,对于孩子来说,会是一种多么熨帖陶醉的幸福感受。

在墓地西头，长眠着我的继母。肝癌夺走她生命的那年，她只有31岁。与我相依相伴整整6个春秋的时光里，我是排斥她，甚至是讨厌她的。尽管她对我很和蔼，把我当成自己的亲生女儿，但是年幼的我始终无法理解父亲为什么要找另外一个女人来替代我的妈妈。还记得上小学的时候，放学后我会和同学去附近的公园玩耍，故意晚回家让她担心；我会故意不好好吃饭，拉着爸爸的衣角投诉她做的饭没有妈妈做得好吃；我会故意把新换上的衣服弄脏，然后幸灾乐祸地看着她帮我洗衣服……

直到继母去世后，父亲动情地告诉我，为了我，她决绝地不生育，为了这个家她付出了太多太多。回忆起6年中继母悉心照料我们父女俩的日日夜夜，我才恍然大悟，原来继母的爱，其实和生母的一样伟大。

父亲的书房里，并排挂着两幅尺寸同样的遗像。对于他来说，我的两个母亲都是他的至爱。

不久后，国庆节到了，小芸发出了最后通牒："你再不反馈信息，我妈还以为你爸在摆谱呢，她的自尊心也是很强的！行不行，总要给个话吧！"

那天回家，我试探着又和父亲说起了和小芸母亲见面的事："明天小芸就和她妈一块儿过来，你们聊聊吧？"父亲的神情倏地凝固了。

"爸，"我动了感情，"为了我，您都苦了这么多年！我也工作了，终究也要嫁人的，您就打算后半生做孤家寡人？"父亲沉默良久，长叹一声："我正想对你说说这件事呢！"他起身去了卧室，我听见柜子被打开的声音。不一会儿，他拿出来一只发黄的信封，默默地递给我。我狐疑地打开，愣了，竟是一份遗嘱——

振华：
　　只恨今生无缘陪你白头偕老。离开之前最担心的是女儿，你又是个生活方面不怎么注意的人，啰唆几句，希望你能够照顾好她：
　　一、琴琴是个女孩，要天天洗澡，冬天可每周洗三次；
　　二、她太爱吃糖，不能迁就，女孩子的牙齿太重要了；
　　三、卫生间没有锁，记住要换上，女孩子到了六七岁就知道害羞了，要让她有安全感；
　　四、我娘家家族有青光眼遗传病史，记住每年带女儿去检查一次，万一有问题好及早治疗；

……

我的眼泪泉涌而出！弥留之际，妈妈事无巨细地关注着身后的女儿，叮嘱竟达十几条！更令我吃惊的是，在已经开始发黄的稿笺上，在生母的签名之后，竟又是继母情深意笃的绝笔——

振华：

我的悲哀和美玲一样，老天不公平，不让我与你携手走到生命尽头。所幸琴琴已长大许多，但只有12岁，建议为她再找一个妈妈，但一定要心地善良。美玲嘱咐的我都尽力做了，以后你得为女儿注意几点：

一、万一她考不上重点中学，千万不要流露不快，要多鼓励；

二、她的小提琴已不合年龄段了，请再购置一把，这方面的练习也不要给她压力，毕竟不是她的发展方向；

三、她的个性太强，是该引导了，要学会谦虚和听取别人意见；

四、进初中后，尤其要注意孩子早恋倾向，这是我最担心的。没了母亲，她有些心里话没地方说，你要像母亲一样，跟她交朋友；

……

捧着两位母亲接力棒一般立下的遗嘱，我痛哭失声一头扎进父亲怀里。

父亲轻抚着我的头发，低沉地说："孩子，我为什么要将这份遗嘱拿给你看？其实，是否再婚，我的内心也经历过许多矛盾。那天去墓地，我才最终作出决定。我在心里对她们说，你们都是世界上最好的妻子，最好的母亲！虽然我不迷信，但我总感觉，是不是真如别人所说我天生'克妻'呢？如果确是那样，我绝不能再伤害另一个好女人了！女儿啊，我想让你知道，有你的两位好母亲在我心中，爸爸这辈子足够了！"

如果说第一份遗嘱让我们心中轻轻动了一下，那是因为作为对自己亲生女儿的疼爱，母亲无一例外地会进行叮嘱。但是，当第二份遗嘱展现在我们面

前的时候,我们已经无法抑制眼角的湿润了……

一位母亲对自己的孩子,怎样疼爱都不过分,这是母亲的权利。而一位继母对孩子的疼爱,我们能视作她善良,认为她有母性,觉得她足够做一个母亲,有资格。但是同样是母亲,抛却血缘关系,第二位母亲的遗嘱却更让我们感动。作为母亲的天性,她的泣血叮嘱无疑是作为母亲两个字的天性诠释。

两份遗嘱,像一根接力棒,而终点只有一个:让孩子健康、快乐、正常地生活、成长,她们的目的只是让孩子能不受影响地继续幸福。她们走得早,但是他们的遗嘱里没有一丝遗憾,没有一点儿留恋,原因也只是一个:她们在有限的生命里,把自己最可能的爱,全部给了孩子,想到后面可能会有一个同样爱自己孩子的母亲,她们没有遗憾。

(刘英俊)

儿子应聘成功,与其说是他才能的体现,不如说是一次父爱的胜利。

父亲的推荐信

◆凤　凰

这年,朋友大专毕业,回到城里后,他开始四处找工作。他运气好,一回来就遇到一家待遇高、工作环境好的公司招聘职员。他一得知这个消息就赶紧跑去公司报了名。虽然要求大专文凭就可以,但是当他报了名出来和别的前去报名应聘的人一交谈,他就失望了。别的应聘者至少都是本科,而他只是一个大专生,要脱颖而出,除非太阳从西边出来。

回到家里,父亲见他愁眉苦脸,一言不发,便问他,你怎么了?那家公司不要你报名,不要你吗?他说,不是!去报名参加应聘的人至少都是本科文凭,而我只是一个大专生,肯定没希望了!父亲听了就笑着说,怎么会没有希望呢?我

告诉你,我跟这个公司的老总有一面之缘,还在一起吃过一顿饭……他听了就不由得一喜,连忙说,爸,你怎么不早说?那你就去找老总说说情,让他给我一个工作吧!父亲说,我当然要帮你说情了!但你还是得去参加笔试和面试。你好好笔试,等面试的时候,我给你一封信,你带去交给老总,老总见了我的信,他就不会为难你,你就能顺利通过了!他听了很高兴。

第二天,他信心百倍地去参加了笔试。笔试的内容并不很难,他做得得心应手。而那些本科生,倒做得一脸苦相。因为笔试的内容并不与学校所学内容相关。他之所以做得如此轻松,完全是因为他听说父亲与公司老总有交情,自己有了信心。

下午,他跑去公司大门口看成绩。他居然排在第二,有机会参加面试。他回家就高兴地对父亲说,爸,我名列第二,有机会参加面试,你写好推荐信了吗?父亲听了高兴地对他说,孩子,你放心,明天一早我一定给你一封推荐信!

第二天一早,父亲拿出一封信,对他说,这是我给老总的亲笔信,到面试的时候,你就交给他,他就不会为难你了!他兴奋地从父亲手中接过信,高兴地出了门。

当轮到他面试的时候,他拿出父亲给他的那封推荐信,镇定自若地走进了老总的办公室。老总对他说,你好,请坐!他说,老板,你好!这是我父亲给你的信!他说着就走上前,恭恭敬敬地把推荐信递到老总面前。老总一愣,看了他一眼,终于接过了信,拆开看了一眼,就笑着对他说,很好!他听了也很高兴,看来父亲的推荐信有作用呀!然后,老总就问了他一些话。因为有父亲的推荐信,他也就发挥得超乎寻常。老总没问他几个问题,就说他通过了面试,让他明天就来公司报到上班。

他兴奋地回到家里,高兴地对父亲说,爸,你的推荐信太管用了!老总看了你的信对我很有好感,只向我提了几个问题,就让我明天去公司报到上班!父亲听了就笑了起来。他又对父亲说,爸,以后我上班了,你也要经常跟老总说说话,打个招呼,让他多多关照我!父亲听了又笑了起来。他问道,爸,你笑什么?父亲笑着对他说,孩子,其实,我根本就不认识那个老总!我一个普通老百姓,怎么可能认识一个有钱的老板呢?他听了不由得一惊,说道,爸,那你给我的那封推荐信又是怎么一回事呢?父亲笑着告诉他,我只不过是为了给你打气,增加你的自信而已。那封信上面,就只写了一句话:我一定能够得到这个工作!他听了又是一惊,继而他就笑了,说道,爸,你真行啊!

为了儿子的前途,文章里的这位父亲真可谓是用心良苦。在儿子面临激烈的竞争之时,他煞费苦心地给了儿子最需要的东西——一份宝贵的自信。这份特殊的礼物发挥了让人意想不到的效果,儿子一路过关斩将,击败一个个竞争对手,最终被公司录取了。读过这篇文章我就想,天底下父爱的样式虽然各不相同,但归根结底,父亲的心却都完全一样,那就是想方设法地为孩子着想。儿子应聘成功,与其说是他才能的体现,不如说是一次父爱的胜利。一份深沉的父爱,绝不仅仅体现于金钱上的援助和优越的生活基础,更应该表现在对儿子的理解和信任上。

一封想象力丰富的推荐信,让我们看到了一位机智的父亲,同时也看到了一位与儿子心心相通的父亲。对文章里的这个儿子来讲,一次成功的应聘还只是人生中的一个起点。在以后的日子里,他要面对的事情还有许多许多,但有了关心他、理解他、爱着他的父亲,相信一切都会迎刃而解。这个儿子还会收到父亲许多封这样的"推荐信"。

(刘英俊)

妈就是想让你在学校一喝水就想起妈曾为你填过一眼井,要是你松劲了,偷懒了,你就对不住妈妈的苦心和劳累……

母亲为我填过一眼井

◆张丽钧

因为工作的关系,我结识了一位姓杜的先生。在和杜先生相处的过程中,

我发现他身上有许多值得尊崇的东西。我惊奇地发现，他有着近乎圣人的情怀，近乎哲人的睿智，近乎诗人的灵性和近乎孩童的率真。我曾很认真地对他说："每次和你接触，我都忍不住为一个人感到骄傲，那就是你的母亲——你一定有一位非凡的母亲。"

杜先生笑起来，说："真不愧是资深教育工作者，眼光就是不一般！我确实有一个非同寻常的母亲，她所给予我的财富，我一生都享用不尽。我出生在冀中一个穷苦的小山村。我是家里的独生子。在我读小学三年级的时候，我的父亲就去世了。母亲苦巴巴地拉扯着我熬日子。冬天，我家的被子又破又薄，挡不了风寒，我的母亲就在炕头筛了一堆沙子，烧热了，让我钻进去取暖。当时村子里的人在教训闹吃闹穿的小孩子的时候，总爱说这样一句话：'瞅瞅人家杜家的孩子，你还闹个啥呀！'但是，在这样艰难困苦的日子里，我的母亲坚持不让我辍学。没有钱买纸笔，我的母亲就弄来一块平板玻璃，用沙子把玻璃磨涩，让我用石笔在上面写字算数。就这样，我以优异的成绩读完了小学和初中。我的高中是在大山外的镇里读的。我们那所镇中，自打恢复高考以来就从没有出过大学生。母亲对我说：'孩子，你可要争气，要考上大学呀。'

"高二那年放寒假，我回到家，万分惊讶地发现我家院子里的那口井被填平了！要知道，那可是我父亲在世时耗费极大的人力物力打出的一眼井呀。我问正吃力地从外面挑水回家的母亲，为什么要填平了这眼井？是水枯了吗？母亲摇摇头，欲言又止。后来，我从一个本家的婶娘那里得知，我的母亲听一个算命先生说，如果填平了我家院里的那眼井，我就可以顺利地考上大学。她居然信以为真！她居然不顾别人劝阻，开始一筐筐地背土背石填那个井！我听后又恼又气，回到家大声指责母亲太愚昧、太无知！我的母亲哭了，哭得很伤心。她说：'妈其实并不迷信，妈知道填不填井跟你能不能考上大学没有什么直接的关系，可妈是这么想的，填了井，妈天天都要到外面去挑水，你又是个孝子，一定心疼妈妈的辛劳；咱村离镇子这么远，妈不可能天天跑过去盯着你学习，妈就是想让你在学校一喝水就想起妈曾为你填过一眼井，要是你松劲了，偷懒了，你就对不住妈妈的苦心和劳累……'我再也听不下去了，扑进母亲怀里放声大哭起来。我的母亲，本来就命似黄连，但为了能让儿子有出息，她硬是要自己每日再尝着苦胆过日子呀！

"高考分数下来了，我达到了重点大学的录取分数线。填报志愿的时候，母亲鼓励我报'本硕连读'。我十分犹豫,因为我明白,我早一天赚钱,母亲就早一天解脱。但我实在拗不过老人家,便只好依了她。我在攻读本科和研究生学业期间,粗活细活一律来者不拒——我到小饭馆去洗碗,到工地去搬砖扛沙子,给报刊投稿,翻译进口设备说明书,为中小学生做家教……我每月给母亲寄去足以让她在小山村称为'首富'的钱,我要用这种方式向为我填井的母亲证明她的儿子一直都没敢松劲,没敢偷懒。

"在我拿到硕士学位不久,我的母亲,含笑离开了人间。

"现在,我已经拿到了博士学位,成了享受'国务院特殊津贴'的学者。每当我想到我非凡的母亲曾为我填过一眼井,我就不敢怠惰,不敢消沉。因为铭记着'沙炕'的冷暖,我心疼每一个苦命的人;因为拥有着玻璃写字板的记忆,我真心祝愿每一个学子成功;更因为母亲曾不惜用生命为我熬油点灯照亮儿,我要高扬着自己的灵魂,无畏地前行……"

感恩提示

　　填井,从表面上看起来,好像只是一个愚昧无知的荒唐之举,是乡村流行的一种毫无来由的陈规陋习,但在母亲不为人知、不被人理解的行动背后,原来还包含着她极其良苦的用心。为此,这位对儿子充满了期待的母亲,心甘情愿地日复一日,走过很远的山路,用她瘦弱的肩膀去挑水度日。正是她的这种决心和勇气,激励着儿子一步步走上了自强不息的道路。母子的心是相通的,相信当儿子面对学业时,无时无刻不看到自己的母亲正在山路上艰难行走的身影,也无时无刻不听到母亲从内心深处所发出的期待的声音。为了儿子,母亲无怨无悔;为了母亲,儿子也从未退缩。儿子没有让母亲失望,他学业有成,用知识改变了自己的命运,终于成为母亲的骄傲。我想,儿子的成功就是对母亲最好的回报吧!只要想到这一点,母亲就能微笑地面对所有的艰难困苦。

　　这是一位勤劳的母亲,也是一位非常有智慧的母亲。她填上的不仅仅是一口普通的水井,她其实是堵住了儿子懒惰松懈的退路。

(陈　雄)

隐瞒是一种爱,爱到细微处的隐瞒,无疑就像一缕微风,一场春雨,默默地,轻轻地抚过母亲的心头。

爱到深处细如丝

◆丛中笑

父亲病逝,家里欠下一大笔债务。办完后事第三天,18岁的我就加入了南下打工的队伍,进了一家大型的汽车修理公司。

带我的师傅姓史,五十多岁,他有两个很特别的嗜好:一是没事就用指甲剪上的小锉子锉指甲,二是爱替别人洗衣服。

9个月后我终于攒下1000元钱,给母亲汇完款后我突然想到应该给她写封信,于是就利用午休时间在办公室随便找了一张包装纸写起来。也许是我太投入了,史师傅进来我都不知道,直到他用手敲了敲桌子我才抬起头。他说:"你明明在这里干着又脏又累的活,为什么说你的工作很轻松?"我红着脸说我不想让母亲为我担心。

师傅点了点头说:"游子在外,报喜不报忧,这一点你做得很好,但是你用这么脏的一张纸给母亲写信,她会相信你的工作很轻松吗?"

史师傅看着窗外,缓缓地说:"我很小就没了父亲,20岁那年母亲得了偏瘫,腰部以下都不能活动。我四处求医问药,最后这个城市的一个老中医告诉我,坚持做按摩治疗,有1%的康复可能,于是我就带着母亲来到了这里。我在这家公司找了一份活儿干,那时条件没有现在好,我比你们要辛苦多了。在这里拿第一笔薪水那天我买了好多母亲喜欢吃的食品带回家,在我递上给她削好的苹果时,她拉住我的手说:'给妈妈说实话,你到底做的什么工作?你不要累坏自己啊!'我说:'我在办公室工作啊,很轻松的。'母亲生气地说:'孩子,你的手这么黑而且指甲缝里全是黑糊糊的机油，你干的活肯定又脏又累，你骗不了妈妈的。'一时间我不知道怎样回答母亲，便借故给她洗衣服从屋子里逃了出来。等我洗好衣服的时候惊奇地发现我的手是那么白，顿时我就有了主意。第二天干完修车的活后，我便剪短、锉平了自己的指甲，然后又把同事的工作服洗了才回家，因为洗的衣服越多手越白。回家后，我告诉母亲，我重新找了一份坐办公室的工作。母亲检查我的手后笑了。为了拿到相对多一些的薪水给母亲治病，我一直在这家效益不错的公司待到现在。"

史师傅说完从他抽屉里拿了一沓信笺给我。最后，我在那洁白的纸上写下："亲爱的妈妈，我在这里一切都好，工作也很轻松……"

人们常说细节决定成败，说的是在人生中，关键处的一个点往往会影响人生的整个大局。读过这篇文章，我想到的是，原来这句话同样适合于母亲对儿子的爱，和儿子对母亲的爱。为什么会这样说呢？首先是因为有了那些心细如发的母亲。她们即便是从儿子指甲缝里的一点儿泥污，从他们的一个不经意的眼神里，或者从他们的一个细微的动作中，都能敏感地觉察到儿子的工作和处境。不管儿子如何只报喜，不报忧，但儿子过得好不好，工作干得累不累，都无法轻易骗过她们的眼睛。正是因为有了天底下如此心细的母亲们，才有了那些同样心细的儿女们。隐瞒是一种爱，爱到细微处的隐瞒，无疑就像一缕微风，一场春雨，默默地、轻轻地抚过母亲的心头。我猜想，即便儿子们如此这般的用心良苦，也不见得能够真正成功地骗过自己的母亲。也许母亲会在看到儿子善意的小把戏后，宽容地笑一笑，却不去揭穿，不去说什么。因为此刻，儿子和母亲的心已经连在了一处，他们共同保守着这个小小的秘密，也共同保护着那份细如蚕丝的爱。

(许高英)

她闻到的，是芬芳的香味，那种淡而舒缓的芳香，才是母亲真正的味道。

母亲的味道

◆ 燕 利

一

母亲不是土生土长的本地人，她甚至不记得自己的家到底在哪里，只是从她浓重的口音里，可以确定她是陕西人。29 年前的冬天，父亲去买过冬的白菜，回来时在路边的小饭店里要了一碗牛肉汤泡馍。父亲刚拿起筷子，忽然听到有人低低地叫了一声"大哥"。是很浓的外地口音，父亲抬起头，看到眼前站着一个衣衫单薄的女人，头发凌乱面色青白，手中拉着一个四五岁的小男孩。小男孩又黑又瘦，一双眼睛紧盯着父亲那碗冒着热气的牛肉汤。女人怯怯地低着头，没有说话，泪已盈盈欲滴。父亲也没说话，起身把男孩抱到椅子上，把那碗香气四溢的牛肉汤推到男孩的面前，转回头，又跟店主要了两碗。

两碗牛肉汤，让这个无家可归的女人，变成了父亲的妻子。那时父亲已丧妻 3 年，因为女儿还小，一直没有再娶。四口人，一个家，贫穷而温暖的日子就那样开始延续。

母亲来的第二年冬天，生下了她。

她 6 岁之后，就不肯再和母亲一起上街。她听不惯母亲浓重的外地口音，怕听到别人说母亲是"外路人"。母亲的习惯做派和别的女人完全不同，她像男人一样抽烟，喜欢盘腿坐在床上，嗓门粗大，说话的语气总像跟人吵架。最让她无法忍受的，是母亲身上的味道，又酸又臭，稍微靠近一些，便熏得她头晕恶心。

后来她知道，原来母亲有狐臭。这使她在懂事之后，便开始远远地避开母亲。没有在母亲的怀里撒过娇，没有让母亲帮她洗过澡，一张桌子吃饭，她是离母亲最远的一个。

她10岁那年，父亲在为人盖房时从二楼摔下来，伤了腰椎，瘫痪在床再不能起来。父亲一倒，家便塌了。母亲变得急躁，烟抽得越来越厉害，脾气也越来越坏。那次，她切菜时不小心切破了手指，母亲不仅不帮她包扎伤口，反而对她破口大骂，你那手指头当脚趾使呢？怎么会笨成这样？她甚至不怕担上后母的恶名，姐姐但凡有一样事情做得不好，同样招来母亲的恶言恶语。只是对父亲，母亲完全判若两人。哪怕父亲对她大发雷霆，她也永远是温柔体贴小心翼翼，端茶送水，洗澡按摩，把父亲伺候得细致妥帖。

后来，母亲在菜市场租了一个摊位卖鱼，一年四季穿着高筒胶鞋在水渍里蹚来蹚去。本来他们兄妹三个中，应该留一个在家照顾父亲的，母亲却不准。每天早上，她把父亲抱到三轮车上，带着他一起去卖鱼。常来买菜的人都知道，这个带着男人卖鱼的外地女人，手脚利落，性格泼辣，鱼新鲜，从不缺斤短两。所以，母亲的生意一直还不错。

每天晚上，母亲收摊回来，安置好父亲，人早已累成一摊泥。她给母亲温一盆洗澡水，洗好碗后便躲进自己的房间里。可是最终还是被母亲喊出来，死丫头，来给我搓背。她磨磨蹭蹭地不愿意出来，母亲的身上又添了浓烈的鱼腥味，和着难闻的狐臭味，她几乎无法呼吸，一阵一阵地反胃，胡乱搓几把，便逃也似的离开了。那天，同桌的女生和她吵架，吵完后女生跑到老师那里，强烈要求给她调位置。女生在全班同学面前指着她鄙夷地说，她身上有那么臭的咸鱼味，我不想和她坐一起。她的脸刷地白了，羞惭的泪水流了一脸。

二

她读高三那年，哥哥、姐姐已经相继考到外地读大学，家里只剩下父母和她。50多岁的母亲，已经像个老太太，尘满面，鬓如霜。母亲变得温和了很多，有时候吃完饭，她给父亲按摩，父亲会和她讲他和母亲当初怎样相遇，你哥哥喝牛肉汤时那个馋哟，父亲叹息着。父亲说，真真，你高考时不要报外地的大学了，你妈一天天老了，我们都需要人照顾，你就留在我们身边吧。母亲在旁边抽着烟,眯着眼睛望着父亲笑,我照顾你还不放心啊?我巴不得他们一个个都走得远远的,省得天天在眼前晃来晃去,招人烦。

母亲身上的味道淡淡地飘过来,她想,不用你逼我,我也不会留在家里的。自己成绩这样优秀,当然要读北京的名牌大学。最关键的是,她要远远地避开母亲的味道。这么多年她唯一的梦想就是离开母亲。

那年冬天,因为城市改造重建,那个菜市场被拆除,母亲失业了。那些夜里,母亲似乎一直在咳嗽,有一次,她被母亲的咳嗽声惊醒,她走到母亲的房前,房门虚掩着,母亲背对着她,一动不动,指间的香烟已经燃了很长,母亲的背影在一片烟雾缭绕中显得瘦小而单薄。她听见母亲对父亲说,真真这丫头从小心气就高,不能把她给耽误了……

她站在门外,心突然又酸又软,泪水成串地滴落下来,原来,原来母亲一直都是在意她的啊。

母亲新找的工作,是在一家医院里打扫卫生。每天早上5点起床,赶到医院,擦地板,洗马桶,在8点之前,要把整幢楼的卫生全部打扫完毕。这份又脏又累没有人愿意干的活,母亲却做得很开心。

母亲身上的味道越来越复杂,有时是刺鼻的消毒药水的味道,有时是清洗剂的淡淡香味。不知道是不是因为太熟悉的缘故,狐臭味越来越淡,到后来,她竟闻不出那种气味了。

19岁那年,她如愿以偿,考进北京读大学。那时姐姐也在北京,已经工作。姐姐说,以后别让妈再寄钱来了,你的学费我管。她欢天喜地地写信给母亲,让母亲辞了医院的工作。隔几日,母亲的信来,母亲说,你姐刚工作,收入也不高,北京那种地方,东西又贵,你不能给你姐添累,女孩子最容易因为钱走到邪路上去……薄薄的信纸上,仍然是浓烈的消毒水的味道。母亲仍然每月准时寄钱来,有时甚至会多一些,母亲说那是她的奖金。

大二的寒假,她回家过春节,在小城下车,已经是夜里10点。不知什么时候下的雪,地上薄薄的一层,寒气逼人。她走出车站,搓着冻僵的双手,疾步往家赶。刚出车站,就听见一声熟悉的吆喝:"烤红薯,香甜的烤红薯……"是那个带了淡淡陕西口音的声音,那声音她一直听了20年。她慢慢走过去,直到她走近,母亲才怔了怔,扑过来为她拍肩上的雪。母亲身上满是烤红薯香甜的味道,很浓很浓的香味,她很想拥抱一下母亲,却没有。母亲把她拉到炉子旁,把一个烤红薯放在她手里,迭声地问她,冷吗?累吗?甜吗?

那夜她帮母亲推着车一起回家,一路上母亲絮絮叨叨说了很多。母亲说上了年纪手脚不灵便,医院的活人家不让做了;母亲说一斤烤红薯能挣3毛钱,卖一天,也能挣不少钱呢;母亲还说,我有钱,你哥你姐都常寄钱回来,你在学校一定不能替我省钱,要吃好……她跟在母亲身后,看着母亲瘦小的背影和迟缓的步履,什么话都说不出,泪悄悄地模糊了双眼。

三

研究生毕业后,她拒绝了北京好几家大公司的挽留,执意回了那个小城。此时父亲已经过世,母亲很歉疚,都是我,不然你留在北京发展多好。她笑着跟母亲开玩笑说,北京再好,没有妈妈,也是一座空城。

母亲笑,不再说什么,起身收拾碗筷,却背过身,手在脸上迅速地抹了一下,又抹了一下。第二天,她下班回来,远远地在街口,听见母亲和一群老太太在聊天。母亲说,我们家真真,从小就任性,北京那么大的公司请她,她偏不去,非要回来陪我这老太婆……母亲的嗓门仍然粗大,那带着淡淡口音的声音里,分明溢满了喜悦。

母亲突然对做菜充满了兴趣,每天,她上班后,母亲上街买了菜回来,便躲在厨房里,仔细研究各种菜的营养、火候、搭配。母亲一直是个粗糙的人,这么多年她一直忙于生计,并不曾认真做过一顿饭,甚至没有从容地吃过一顿饭。直到现在,她才真正像个女人,不再担心生计,只是在厨房里安心做饭。

帮母亲洗澡,成了她每天必做的功课。她的手细致地从母亲的肩上、背上抚过,母亲的身上早已闻不到那种强烈的狐臭味,取而代之的,是淡淡的油烟的香味,还有浓烈的香烟的味道。

她想,幸福原不过就是这样的天长地久。

母亲被查出来有肺癌时,她一点儿都没有吃惊。是的,这么多年,那些劣质香烟,肯定早已将母亲的肺伤得不成样子。她没有责怪母亲对烟的嗜好,她无法想象,这些年来如果不是那些劣质香烟,母亲将如何打发那些困苦难挨的日子。

母亲躺在医院里,她趴在母亲的病榻前,将头埋在母亲的胸前。母亲身上的狐臭味、鱼腥味、汗酸味、香烟味、消毒水味、烤红薯味、油烟味……那些为了养活一个家而产生的味道，此刻全都消失殆尽。她闻到的，是芬芳的香味，那种淡而舒缓的芳香，才是母亲真正的味道。

感恩提示

　　少不更事的孩子认为母亲身上有难闻的味道，母亲那外地口音使她反感，她讨厌母亲的一切。这是一个重新组合的家庭，能够组合的原因就是父亲用几碗牛肉汤接济了一对母子。父亲是善良的，母亲是可怜值得同情的。所以这样的一个家庭注定会很贫穷而又不缺乏温暖，但父亲的生病使生活的重担一下子落在了母亲的身上。母亲开始靠卖鱼、到医院打扫卫生等工作来养家糊口。所以，从开始母亲身上的狐臭味变成了鱼腥味、汗酸味、香烟味、消毒水味、烤红薯味、油烟味……这些味道强烈地在一个女人身上表现了出来，这些都是生活磨砺下的写照。试想，一个整天懂得生活享受的女人怎么可能有这么多复杂的味道呢？让人多少有些失望的是，孩子考上研究生之后才懂得母亲的苦，母亲已经付出了那么多，还能付出什么呢？母亲得了肺癌，孩子了解了母亲身上那些复杂的味道原来都是生活的磨难，是她用母爱拯救了一个铁石般孩子的心。　　　　（邓燕云）

　　爸爸！原谅我过去的无知，不管今后世事如何变幻，您都是我最好的爸爸！

哑巴父亲的爱

◆佚　名

　　父亲是个哑巴，这一直是我心中一块隐隐的痛。

我的家在一个偏僻的小镇,父亲就在小镇的一个拐角处卖烧饼养活全家。听人家说,我家原本不在这儿,是后来搬来的,每到逢年过节,父亲总是一个人回去给爷爷奶奶送纸钱,下午再回来陪我们吃午夜饭。有时我闹着要去,他不让,加上与别的小朋友在一起玩时,他们总是排斥我说:"你父亲是个哑巴,我们不跟你玩!"于是,我恨上了父亲,怪他是个哑巴,同时,更怪母亲给我找了个哑巴父亲。母亲听了我的话,狠狠扇了我一巴掌。父亲见了,一把把我抱进怀里,可我并不领情,而是把他一推,跑开了。父亲就站在那儿傻笑。

　　7岁那年的一天,我背着书包跟着父亲走进了镇上最好的一所小学,听着父亲哇啦哇啦地打着手势和老师"讲"话,我羞愧得要命。当我走进教室时,一个同学指着我说:"瞧!她就是哑巴的女儿!"我更是想在地上找个缝钻进去。回到家,我跟父亲约定:以后不准他再进学校半步,否则我就跟他翻脸。父亲默默地点了点头。

　　由于父亲的原因,我在同学中间总是抬不起头,他们都不和我玩。为了使我自己内心深处那一点点可贵的自尊不再受伤害,我拼命地学习,良好的成绩给我带来了许多安慰。每当听到别人拿我做榜样教育自己的子女时,我的心里就会泛起难以抑制的喜悦,而这也成了父亲唯一向别人炫耀的资本。但在父亲面前,我依然是不屑一顾的神色。母亲看了,总是大声训斥我的无礼,而父亲并不在意,依然卑微地笑笑了事。

　　18岁那年,我以优异成绩考上了县重点高中。接到录取通知书那天,父亲高兴得脸上开了花,他把当天的烧饼全部免费送了客人。我终于可以脱离这个让我伤心的地方了。可这时,我又担心城里的同学会知道父亲是个哑巴。看着我一脸的愁容,父亲似乎猜出这一点,没等我说话,他就在临上学前用手势向我重申了那个幼稚的约定。就这样,每个星期天,父亲和我都准时来到城里那个最大的商场门前,他把钱交给我后,就一步三回头地走了。

　　放寒假后,我又回到了那个小镇,父亲依然在他的烧饼摊前忙碌着,虽然他的身后没有一个客人。见到我下车,父亲高兴得搓了搓手上的面,收拾好东西拉着我回了家。进了屋,我才知道母亲病了,人瘦了一圈,正痛苦地在床上呻吟着,不过见了我,她还是勉强坐了起来,她想笑,嘴还没张开,却"哇"的一声大哭起来。我一时慌了,猜不出家里发生了啥事,就忙问母亲怎么了。母亲看了看父亲。父亲闷着头狠狠抽着烟。这时,我才发现父亲比母亲瘦得还要厉害。我再三追问家里出什么事了，父亲也没告诉我什么。

第二天，父亲老早就拉着架子车准备上街，我走过去要帮他，他说什么都不让我去，非要我在家照顾母亲不可。吃过早饭，母亲对我说："晴儿，去街上给你爸爸帮帮忙。我有病，你又上学，他一个人苦啊！"刚出门，我就碰到了邻居李大婶，她一把拉住我的手说："闺女！有句话，我本来不该跟你说，可看到你爸爸瘦成那个样子，我不忍心啊！"接下来，李大婶告诉我，在我上学后不久，母亲就得了病，到医院一查，肝癌晚期！父亲一听，当时就蒙了，立即哇啦哇啦跪在地上请求医生救母亲一命。那天，他在医院发疯似的见了医生就磕头，头都磕出血了，医院依然没有收留母亲，父亲只好把母亲拉了回来。母亲得病的消息传开后，再也没有人买父亲的烧饼了，他们都说母亲的病会传染。父亲只好含泪撤了烧饼摊，但他又怕母亲知道后心里着急，病情加重。于是，每天天不亮，父亲照旧拉车出门，把车子搁在李大婶家，就出去拾破烂，晌午再回家。前天得知我要回来，他又支起烧饼摊，不想让我知道家里发生的一切。

我听不下去了，转身向街拐角处跑去。可到了那儿，我只看到做烧饼的工具，不见父亲的踪影。就在我疑惑的当儿，一位街坊告诉我，父亲上县城去了，说是买年货。我愣住了：买年货在这儿买不可以吗？何必非要上县城呢？父亲一定有其他事。我立即搭车赶往县城。

到了县城，刚下车，就听到有人议论说前面有一个人晕倒在商场门前，我一听，暗叫不好，立即飞快地跑过去。果不其然，正是父亲，此时他已经醒了过来，看见我，他的脸上浮起一丝微笑，颤抖地从衣袋里掏出一叠钱，示意我去商场买年货。在那叠钱里，我清楚地看到了一张卖血的单子。

进了商场，父亲要给我买新衣服，我说什么都不要，他生气了，于是我就不再坚持了。接着我们又给母亲买了呢子大衣和颇为流行的女式裤子，共花了420元，这也许是母亲穿得最奢侈的一套衣服了。

回家的路上，父亲反复打着手势，不准我把他卖血的事告诉妈妈。这一年的春节，是我有生以来过得最黯然的，可父亲却表现得比哪年都高兴。大年夜，他像个孩子似的嘿嘿笑着，拎着鞭炮围着院子跑。在父亲的感染下，母亲也有了精神，她穿着父亲给她买的新衣服，安详地坐在堂屋里，静静地看着孩子般的父亲。吃过年夜饭，母亲和父亲坐在饭桌前默默地对望着，专注的目光让我局促不安。我走近屋里，躺在床上睡着了。

没多久，父亲突然推醒了我，使劲拉我来到母亲床前，原来母亲快不行了。她已经神志不清，嘴里不停地喊着父亲的名字。过了一会儿，母亲睁开了眼睛，看见我，她断断续续地说："晴儿！你爸是好人……要听话！"说完，她眼睛死死地盯着父亲。父亲仿佛读懂了母亲的目光，"呜呜"地哭着点点头。凌晨时分，母亲躺在父亲的怀里微笑着走了。

听到哭声，邻居都跑过来了，帮着父亲把母亲入了殓。有人问父亲，是不是运回老家？父亲摇摇头。我感到疑惑了。中午，家里闯进来一群人，父亲脸色大变，"嗷嗷"地大叫着死死压在棺材上。来人什么都不说，上来几个人把父亲拉开，就准备抬母亲棺材。我一下子傻了，不知道将发生什么！最后，还是邻居们上来拦住了他们，他们才拿出一个结婚证，说是当年父亲把他们村的女人拐来了，还带个孩子，现在要把棺材抬回去埋了。

什么？我呆住了，继而夺过结婚证，见上面贴着一张照片，是母亲和另外一个男人的合影，我冲到父亲面前，紧紧地抱住他拼命地喊道："爸爸！我不相信这是真的！"

原来，父亲并不是我的亲生父亲，他年轻时也不是个哑巴，刚开始他就和母亲自由恋爱了，哪想到我的亲生父亲也看中了母亲，他是邻村的一个无赖，为了得到母亲，暗中找了一些地痞流氓，把父亲毒打了一顿，还割去了父亲的舌头，就这样父亲永远不会说话了。在亲生父亲的强迫下，母亲最终嫁给了他并生下了我。不久，我的亲生父亲因参与打架砍死了人，被枪毙了。父亲得知这一切，就暗中找到了母亲，并带着我们母女俩来到了这个小镇。

虽然我和父亲极力阻拦，但那群人还是仗着人多抬走了棺材。就在母亲的棺材即将抬出院门时，父亲突然想到了什么。他跑进里屋，拿出鞭炮点了起来。在噼里啪啦的鞭炮声中，父亲跪在地上不停地朝着母亲远去方向磕头。

我情不自禁地来到父亲面前，郑重地跪下哭着说："爸爸！我是您的女儿，我是您的亲女儿！"父亲捧起我的脸仔细地端详着，两行泪从他眼睛里涌了出来……

学校领导得知我的情况后，找来父亲，让他在学校门前支起烧饼摊，挣钱供我上学。父亲怯怯地看着我。我依然拉着他的手说："爸爸！原谅我过去的无知，不管今后世事如何变幻，您都是我最好的爸爸！"

父亲笑了，笑得很灿烂。

这是一个情节曲折而跌宕的故事。父亲曾经和母亲自由恋爱，但邻村的一个无赖也看上了母亲，于是无赖使用了狠招，割了父亲的舌头，抢走了母亲，之后便生下了女儿。但无赖由于和别人打仗砍死了人被枪毙了，所以父亲又重新和母亲走到了一起。这之后的生活充满了艰辛，一个哑巴父亲要承担起整个家庭是多么不容易，尤其是他只能以卖烧饼为生。这样，父亲一直把女儿供养到考上县重点高中。但女儿由于虚荣心作怪，不想见到一个哑巴、卖烧饼的父亲，所以每次父亲见到女儿时，只是把卖烧饼的钱给女儿后便迅速离开了。后来，灾难再次降临了，母亲得了肝癌！别人再也不愿意买父亲的烧饼了。打击突然一下子全部到来，每一个人都在做垂死挣扎，但似乎又都起不到什么作用。最终，母亲还是离开了他们，闭上眼睛去了。就在母亲去世后，女儿才知道她所不知道的这一切，并重新认识了她这个伟大、可怜的哑巴父亲。女儿以拥有这样的一个哑巴父亲而骄傲！

（王　嘉）

岁月往前走，在一个路口，一个停留处，总是会梦醒似的发现当年不曾记得或竟然是毫不觉察的父母的深恩。这样的发现总是让我惊心，我原是这样的无知。

赶　考

◆惠　雁

儿子入初中，几经托人，才能够参加一场入学考试。我在考场外慢慢走着，消磨自己内心的疲倦和焦急。

内心深处的记忆恍然就在这踱步中醒过来,针扎了似的。

长途客车上,一个蓬头散发的女孩子枕在一个瘦削的中年人肩上,睡着了。那个中年人穿着一身布衣——不用问就知道是家境极其平常的农民。

那个安然昏睡的女孩子就是 15 岁的我,我依靠着的父亲要带我去离家几百里的城市参加一所中专学校的英语口试。

一路上我都在昏睡,靠在父亲的肩上我睡得嘴角流出了口水。

父亲带着我住在同村一位在这个城市里做了官的人家。在他家里,我第一次吃到了那样鲜美的牛肉面,第一次盖上了像一片轻柔的羽毛的缎子薄被。饭后我就去看书,只要一册课本在手我就会忘了一切不自在,何况还有父亲在身边,在我少年的记忆里,凡是去城里亲戚熟人家里吃饭,哪怕只是一小时,我手里也拿着课本,课本是我去人家做客的一根拐杖,仿佛唯恐别人查证一个农民的孩子待在城里的理由,课本是我在城里行走的证件。

有课本在手,又有父亲陪着,我甚至记得他家阳台上,早晨总有灰色的鸽子跳上来,咕咕地叫。记得我拿一个小板凳坐在阳台上,仔细地望着那一片陌生而广大的城市。

我隐隐听见了父亲和那位做官的同乡在说着口试时找熟人的话。

一个多月后,坐在高一课堂里的我,突然得知了自己确实并未被录取的消息。

3 年后,我终于如愿收到了当地一所比较有名的大学的录取通知书。亲戚邻人都来祝贺,那时候,村里考上大学的孩子还很稀罕。客人走后,父亲光脚坐在院里的大石桌上,语气轻缓地叫我到跟前,要我给那年进城考试时寄居在他家的那位做官的同乡写封信,父亲吸着烟,说:"你就写……"他吐着烟,以他有限的初中文化水平字斟句酌,那从容斟酌字句时的幸福表情,我到现在都记得。

夏天的夜晚,月光皎洁。阔大的月亮底下,从父亲从容舒缓的语声中,我仿佛看见了父亲那年和那位做官的同乡在夏夜谈话的情景。

——踱步在考场外,我担忧儿子,想念父亲。

至今,我没有听到父亲说过一句当年供我读书的难处,我只记得父亲对躲在县中学一棵大树后面哭泣的我说:"憋着哩,考上了怎能不上呢?"我只记得布衣布鞋的父亲带我去遥远的城市赶考;我只记得每次离家去学校时带够了

学费，临走时父亲往往又叫住我，从身上掏摸出几张揉皱的角票再递到我手里，我惊讶地接过，欢天喜地地跑了。

岁月往前走，在一个路口，一个停留处，总是会梦醒似的发现当年不曾记得或竟然是毫不觉察的父母的深恩。这样的发现总是让我惊心，我原是这样的无知。

前行的路上，抚养儿子成长的路上，处处深藏着父亲母亲的深恩。母亲父亲当年将这样的恩情深深埋藏，让他们无知的女儿一次次碰触这人间的珍贵，收获这惊悚无言的感动。

在考场中的儿子，何时能懂得我此时的心情呢，怕也要在二十多年后的某一个时刻吧。

感恩提示

年年岁岁花相似，岁岁年年人不同。但是，爱的体验式感受却穿越时空，与历史惊人地相似。

一个送考的母亲恍惚之间就回到了那年那月，回到了那份与自己的父亲相同的经历上，回到了担忧与期待混杂的感情上。她显然是有些吃惊——是岁月轮回了？是生活仍然定格在逝去的年代？还是突然之间才发现爱的真谛？这些疑问都如同幻觉一般，囤积在一个已为人母的心头。在与若干年前相似的现场情景中，这种幻觉愈加浓厚，浓得很难化开。于是"担忧儿子，想念父亲"便成为从此中突破的出口。

再次默默地朗诵——"担心儿子，想念父亲。"这样的句子经过生活的体验，如同金子一般闪耀光芒，并发出金属的回声。光芒是为人父为人母自身施与爱，感受爱所产生的光芒；回声却要普天之下的儿女用心倾听。这种倾听也许很难完全参悟其中的深意，但是那些牵挂，那份真挚，那种意韵却会叩击心灵，从而奏响心灵的颤音。

这种颤音达到最大值，也便是岁月的又一个轮回，切身体验亲情之爱的时刻。正所谓"当家才知粮米贵，有儿方晓报娘恩"。

（苏海平）

看着继父一笔一画工整的回信，我们难以想象，在他的心里，曾经掀起过怎样的波澜。

献给继父的哈达

◆罗永红

很久以后，弟弟才告诉我，那次，他接到我装错了信封的信，翻来覆去看了许多遍，直看得热泪盈眶！其实，我觉得这是一封很普通的家信，在信里，我第一次称他——我们的继父——为"爸爸"。

是粗心的我，把写给父母的信和写给弟弟的信装反了，结果弄得弟弟热泪盈眶。由此，弟弟也给父母写了一封信，连同我给父母的信一同装进信封发了出去。

看着继父一笔一画工整的回信，我们难以想象，在他的心里，曾经掀起过怎样的波澜。只是后来听母亲讲，他，我们的继父，捧着我们姐弟俩的来信，独自躲在卧室里，看了一遍又一遍，久久不肯出来……

继父是在我们家最艰难的时期走进我家生活的。那一年，我上高一，弟弟上初二。我的父亲，在被病魔折磨了一年之后，终于撒手人寰，留下的是哀痛的母亲、无助的我们姐弟和一贫如洗的老屋。

那时候，我每天往返25公里去上学，除了繁重的功课，回家一边捧着书一边还要做家务。活泼的弟弟，从此也变得沉默寡言；而母亲，每天起早贪黑地侍弄着那几亩薄田。辛苦劳作的母亲那孤独、单薄的背影，深深刺痛了我和弟弟的心！我和弟弟相视无言。我们决定，不能让母亲再这样孤单下去！

在经过我们多次选择之后，他——我们的继父，在我们殷殷的目光中被迎进家门。继父用他那勤劳的双手和并不高大的身板撑起我们那飘摇的家。从此，家里开始渐渐地有了生机。

任何人都难以想象，继父是带着他全部家产进入我们这个残缺的家庭的。他卖光了自己山上的树木，变卖了全部粮食和牲畜，甚至把他的房子也卖了，还有他多年的积蓄，全部投入了这个家，支持我和弟弟上学。

　　在继父无私的支持下，弟弟在初中连年获得一等"李维汉奖学金"，还考上了家乡的重点高中。后来，我们姐弟俩双双考上了大学。"山里飞出金凤凰"，一户农家出了两个大学生，在我老家方圆百里，传为佳话。当捷报频传的时刻，父母喜极而泣！

　　继父以他勤劳、憨实的秉性，渐渐融入了我们家，成为我家不可或缺的重要一员。我和弟弟勤奋、孝顺，也使他倍感欣慰。

　　母亲有了继父的照顾和呵护，使得我和弟弟可以放心地在外地求学和工作，并且相继在北方成了家。

　　对我们远隔千山万水的牵挂，父母也总是报喜不报忧。在我上大学时，有次回家，看到母亲的眉毛光秃秃的，脸上的皮肤也特别怪。在我的一再追问下，母亲才轻描淡写地告诉了我。为了多筹点儿钱，农闲时母亲从鞭炮厂批发散装鞭炮，用火引编成一封一封的鞭炮拿去卖。冬日的夜晚，母亲编得又困又累，以至于让火炉溅起的火星点着了鞭炮，母亲的脸和手被烧伤了！此后一个月，一直是继父一勺一勺地给母亲喂饭，背上背下地换药，家里家外地照应，直到母亲伤愈能下床干活。而我和弟弟一直被蒙在鼓里！母亲解释说，是继父不让告诉你们，怕影响你们的学习。从那以后，继父也坚决不让母亲再编鞭炮了。

　　我参加工作之后，有次接到母亲的电话，说继父多年视力不好的那只眼球化脓了，要做摘除手术。握着电话，我突然觉得自己眼前一片模糊。对继父病情的担忧使我心里十分难过，我立刻通知了弟弟。弟弟的反应几乎和我一样，我们都以最快的速度汇去了做手术所需的费用，并且一再叮咛母亲要保证继父的营养。在与继父通话时，他感动得哽咽难言。我说，你是我们的爸爸，我们不能没有你，好好治病、养病吧！

　　想想当年，一贫如洗的家，两个正在上学尚未成年的孩子，这样的条件，会让多少男人知难而退？而母亲也说不上漂亮，为什么我的继父，却义无反顾地走进我们家呢？当多年后我们笑问继父这个问题时，他沉吟片刻，说，因为我看好了你们两个孩子！我相信，你们一定会有出息的，而且这样的家也太需要一个男人了。

当年，也许是我们一边看书一边做家务的情形使他下了决心；也许是我们顶着炎炎烈日夏收秋种从不叫苦使他下了决心；也许是我们通情达理使他下了决心……继父从没告诉过我们他是通过怎样的思想斗争，不顾家族的反对押上他全部的家产去赌自己的晚年的。他不顾有可能发生的晚景凄凉，连房子都卖了，没有给自己留下任何后退的余地。在外工作多年的我们，平时谈笑自如，面对继父朴实的爱，竟找不到合适的语言来表达谢意！

每年春节，我和弟弟千里迢迢携家带口回到湖南老家的父母身边，争先恐后地给继父塞钱，给他买衣服，给他买烟、买酒，陪他回他老家省亲。这个时候，是继父最开心、最荣耀的时刻！住在我和弟弟出资给二老盖的新楼里，全身上下、里里外外穿着我俩给他买的新衣服，享用着儿女孝敬的现代化家电，他笑得非常宽慰！

看着母亲和继父恩恩爱爱地生活着，我们心里非常感激他，谢谢他给予了我们无私的父爱！谢谢他带给母亲温馨幸福的晚年！对继父，除了献上我们一辈子的孝心外，还要献上我们心灵的哈达，作为父亲节送给继父的礼物！

圣洁的哈达是西藏湛蓝天空下最美的花朵。如果心灵也开出这样的花朵，那圣洁的光芒就会更加耀眼。经历了生活的苦难和人情世故的冲击，"继父"表现出决绝的生活勇气。其实，即使幸福与成就就在前方，也很少有人能作出断绝后路的选择。但是，"继父"选择了自己成一个"开弓就没有回头"的箭矢。此时，我们可以发现"继父"这个名词就理解为"继续地爱，像真实的父亲"。其实，"继父"明白自己这么做也就是让爱无所保留，了无牵挂。爱得真实才是做人的真实，爱得热烈才是做人的高贵。贫瘠生活之中的爱意，更是彰显出情之深，爱之切。"继父"选择了爱情更是选择了责任，而后者又必须在实践中演绎出非同寻常的爱。

爱是有所感应的。这种爱并未因为陌生而被漠视，并未因为没有血缘相连而被视之无味。相反，因为接受了苦难的孩子同样有勇气接受爱。爱被接受并融化为内心的壮阔波澜，内心的波澜冲破了一切，开出了一尘不染的"哈达"。这个"哈达"当然要献给施与爱、继续爱的"继父"。

(刘明武)

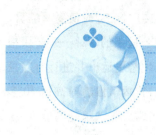

我的老父亲,我最疼爱的人,人间的苦涩有三分,你却尝了十分。
这辈子做你的儿女我还没有做够,央求你下辈子,还做我的父亲……

父亲的心

◆ 黄之舟

当我在电话里无意中把正急着为购房四处筹钱的事告诉父亲的时候,父亲很是发窘,顿了半晌才嗫嚅着对我说:"孩子,爹实在没钱,这你知道,等有钱的时候我一定给你寄一些去帮帮你……"虽然我们相隔千里之遥,但从电话里、从父亲的口气里,我依然能够清晰地感受到,作为父亲,面对儿子遭遇困难却不能给予帮助的尴尬、内疚和惭愧,刚才还在和我饶有兴趣地交谈的父亲匆匆挂了电话,我猜想,那一晚,对于父亲,将是一个漫长的、不眠的夜。

相当长的一段时间内,我无法原谅我的过错,虽然说出去的话一如覆水难收。我知道,这些年来,老家的生活完全是在靠年过半百的父亲一个人在外打工艰难维持着。乌鸦反哺,羊羔跪乳。而我虽参加工作多年却一分钱也未曾往家寄过,本来,我没有任何颜面再要父母的一分血汗钱,但我却生生地向父亲"发难"了。我敢肯定,我无意中的一句话,已经把父亲推向了无奈和愧疚的边缘。我不孝。

后悔归后悔,时间一长,特别是在我通过借、贷等多种方式把购房款缴付以后,我也就把这件事渐渐淡忘了。

一年多后的一天,我忽然收到父亲从千里之外的老家寄来的5000元钱。我很是惊愕,急忙打电话回家,父亲不在,问及母亲缘何会有这么一笔钱,母亲吞吞吐吐再三,才告诉了我事情的原委……

父亲自从知道我购房的事情之后,一直为不能及时帮我一把而自责和难以释怀。为了尽快帮我挣钱还债,在知道我购房消息的几天后,偏瘫的父亲便踏上了为期一年多的漫漫打工路。父亲先是在一家砖厂打工,时值夏季酷暑,烈日炎炎,为了多挣几块钱,父亲选择了砖厂中最苦最累的活计——砖块拖运,即先往炉窑内运送砖坯,待生坯烧熟后再将其从炉窑里运出并进行有序摆放。父亲在狭窄的窑洞内一天来往工作八九个小时,窑内气温有时高达40多度,他挥汗如雨,在炽热难耐的炉窑内工作,他承受了常人无法承受的煎熬,这一干就是三个月。三个月后,这家砖厂因经营不善倒闭,一心想在砖厂挣"大钱"的父亲的希望也随之破灭了,而且,干了三个月的活儿,父亲最终却只拿到了一个月的工资,后虽经多次前往索取,均未果。

父亲之后又找了一份修路的活。修路是一项重体力活,挖土、上沙、硬化、沥青覆盖,一项项都是颇为烦琐和耗力气的活,一般身体单薄的小伙子根本吃不消,非年轻力壮者不能胜任,但父亲却硬是坚持了下来。他夹杂在一帮青年人中间,以年过半百之躯,大幅地透支着自己的体力。白天吃饭十分简单,饿了便啃两口母亲准备的煎饼,咽不下去,便打开他那把用了十几年的变了形的军用水壶灌上一口;夜幕降临的时候,劳累了一天的父亲和其他工友们一起,从路边捡拾一些干柴,开始埋锅造饭。都是一帮穷人,饭菜自然简单。菜是从附近菜市场上买的一些白菜萝卜之类,充其量再拎回一斤豆腐。肉是舍不得买,油也不敢多放,虽然那只是廉价的不能再廉价的普通植物油。把白菜萝卜和豆腐之类一起放在锅里精炖上半小时,出锅后一人一碗,便是他们一天中最为丰盛的晚餐。在另一半待铺的路上,来往车流如织,汽车的灯光像游移的探照灯,一遍遍从父亲他们脸上掠过,映照着一张张黢黑的脸庞和一双双无助的眼睛。夜半,父亲便和其他人一起横七竖八地睡在路旁搭成的简易的帐篷内,这时一帮多日不知肉味的蚊子也开始围拢过来,密密匝匝地栖在这群沉沉睡去的人们的身上。就这样,一直到天色渐亮。

这份工作父亲又干了三个月,因为包工头工资发得不及时的缘故,最终,父亲和另外十多个工友一起炒了工头的"鱿鱼"。

一个月后,父亲找到了他的第三份工作——跟随一个建筑队为市里一家电信公司盖办公楼。父亲此时干上了他最拿手也最愿干的"瓦匠"活。时至寒冬,为了按期完工,父亲和工友们加班加点地干活。高高的铁架上,父亲一砖一石地仔细垒砌着,寒风掀起了父亲的白发,吹裂了父亲的双手和嘴唇,又很快

风干了流出的血渍。父亲浑然不觉，一丝不苟地干着，直到夜幕降临、灯火阑珊。由于工作强度过大，半个月后，父亲右臂出现了抽搐、麻木等症状，最后竟至无法抬起。无奈，父亲只好回家"养伤"。在母亲的一再催促下，父亲到乡卫生院做了检查。医生说，父亲的右臂并无大碍，只是劳累过度，只要休息一个月后便会没事。在这次检查中，医生还检查出父亲同时患有关节炎、腰椎病等几种疾病，这都是父亲常年在外打工落下的病根。医生建议应尽快治疗，"不治将恐深"。父亲听了便一个劲儿地摇头："现在没空，以后再说……"硬是不听医生和母亲的劝阻回到了家中。

父亲和千千万万的民工一样，他们在用自己的劳动扮靓城市的同时，也在默默地承受着城市转嫁给他们的累累伤痛。父亲这次在家仅仅休息了一星期，当胳膊稍稍能够抬起的时候，他便又偷偷地回到了工地……

在一年多的时间里，同大部分在外谋生的民工一样，挣钱心切的父亲几乎尝试了所有城里人不愿干的重体力、高风险的苦活累活，像一匹负重前行的老马，"背上的压力往肉里扣，它横竖不说一句话"。父亲省吃俭用，在挣足5000块钱后，便马上给我寄了过来，现在他还在外地打工……

听着母亲的诉说，看着手中拿着的父亲寄来的那厚重的一沓血汗钱，我的耳畔忽然异常清晰地响起了一首新歌："我的老父亲，我最疼爱的人，人间的苦涩有三分，你却尝了十分。这辈子做你的儿女我还没有做够，央求你下辈子，还做我的父亲……"

可怜天下父母心！

天底下的父母都是负债者，而且债务会随着日积月累，越背越多，越背越沉，一直到压弯他们的腰，一直到熬白他们的发，一直到磨瞎他们的眼，到老，到死，这份债务依然有增无减。

这是心债，感情债，儿女债。

父母甘心背负这份债务，吃苦，受累，于他们而言，不算什么，真的不算什么。子女幸福，便是他们最大的幸福。

有几个孩子懂得父亲的心？早就习惯了父亲母亲无私的奉献，窃窃以为这便是天经地义,这便是顺理成章。

真正欠下感情债的,不是我们的父亲母亲,却恰恰是我们自己啊!从怀胎十月、呱呱坠地、嗷嗷待哺到男大当婚、女大当嫁、成家立业,我们的父亲母亲操碎了心,他们带着一颗心来,不带一片草去,而做子女的,该用什么来回报这份殷殷之情呢?

树欲静而风不止,子欲养而亲不待。别在失去的时候想到感恩,抓住现在,就是抓住幸福!   (陈　雄)

用你爱我的方式去爱你

　　父母之爱不是惊心动魄的，却如涓涓细流般滋润着我们，日复一日、年复一年，世上没有什么比得上父母对子女的那份情、那份爱。我们品尝着父母在平常生活中为我们创造的点滴暖意，共享着亲情融合的幸福温馨，我们在习惯了享用父母的种种关爱时，又用什么来回报父母呢？

或者,对我们而言,母亲就是那不停地供我们汲饮、滋润着我们心田的一眼井。

母亲和那口老掉的井

◆谢 云

入夏后,一个多月时间,持续艳阳,持续高温,滴雨未落。母亲从老家来信,说"天干得很",包谷蔫了,树叶萎了,村前那条河,断流了,连屋后那口井,也快没水了。

那井,就在我家屋后,这些年来,一直被我深情眷念着,清澈、甘冽、幽深,仿佛将永远长流。我渐渐觉察,自己的许多作为,似乎都与那井有关。而现在,它居然就这样老了。

那一天,接到母亲来信的那一天,得知那口井老了的那一天,它的形容、情调、场景,竟又一次在记忆里清晰。那清冽的水,素色的青石板,紧挨着的穷人的家,屋顶上袅袅升起的一柱柱炊烟……我跟着那气息走了回去。在薄暮中,在柴烟弥漫的一天结束时。

井水没了,那口老井,或许真是老了。就像一丝涓细的泉流被堵塞,被淤埋,我忽然想不起下面该有什么内容。我只是莫名地想到母亲,在乡下奔波操劳的母亲。然而,父亲上次来我这里时说过:"你母亲这两年,又老了一大截,头发也白了许多。"

记忆中,母亲是有过一头茂盛的长发的。乌黑,柔软,油亮,光洁。那是她的骄傲,是她在乡村里的旗帜。母亲喜欢它们,疼惜它们。即使最困难的年头,她也把它们梳洗得一丝不苟,呵护得无微不至。我一直记得,小时候,再忙的时节,从田地里,或山坡上归来,洗脸或洗手后,母亲总要抚点水在头上,然后认真梳理,到一丝不乱了,再将它们精心编成两条粗大的辫子。

劳作或奔走,它们就在母亲肩上,在田边或地埂,在蜿蜒的村道上,一晃一晃地荡着秋千,像极了母亲当年的身影:活泼,轻盈,欢跳。

后来,父亲曾不止一次对我们说,你母亲每次洗头,都是蹲在井边,用一大盆水,将头发漂着,用皂角荚浸润。这让我总禁不住想象,在那些岁月里,这该是怎样一种风景:黑发披垂下来,该是多么闪亮的瀑布,而当它们飘扬,也该是微风柔柔拂过湖面的感觉吧。苦难的岁月,艰辛的生活,把母亲磨砺得那么粗糙,泼辣,强悍,唯有那一头黑黑的秀发,似乎远离了生活的困厄和挫顿,一如既往地,在乡村里柔顺着、飘拂着。

然而,自几个妹妹依次出世后,母亲就不再蓄发了。她剪了便于梳洗的短发。早晨起来,只需用手蘸水,略微抿抿,再蓬松凌乱,也变得顺溜。贫困,劳累,鸡鸭猪狗的忙乱,养儿育女的繁杂,使她早早告别了年轻和爱美的心境。像她的头发一样,母亲提前进入了枯涩的中年——而那时,母亲还不到30岁。

现在想来,母亲那时实在太操劳了。从我知事起,家里家外,大事小事,都得靠她奔波,操持。父亲一直体弱多病,几乎是母亲一个人,撑持着我们的家,撑持着那方遮风避雨的天空。她的一生,始终在为我们操劳、操心。起早贪黑,含辛茹苦。她像母鸡一样,护卫着她的鸡崽。孩子长大后,却鸟儿一样飞走了,只有节假日才能回家看看。而母亲,仍像一只窝旁守候的老鸟。她牵挂的心,始终那样悬着,被我们牵扯着,放不下来。

儿子出世后,我常常在想,母亲究竟是什么?

想不出明确的答案。我只知道,那个在下雨的黄昏,在路的尽头,满眼焦灼,静等迟归孩子的人,是母亲;那个把叮咛缝进鞋垫,把牵挂装进行囊,把所有慈爱写在心底的人,是母亲;那个在孩子面前不流泪,在困难面前不低头,为孩子辛苦奔忙,毫无怨言的人,就是母亲——我只知道,这世上有一个最伟大而最平凡的女人,那就是母亲。而在我懂得爱人的时候,我最爱的人,便是母亲。在我仅有的文字里,写得最多,最富感情的,也便是母亲。我在远离她的地方,通过文字诉说,感叹,但母亲只是默默奔忙,像深井一样沉默。

自读大学后,我在家里待的时间,就一年比一年少,离家时,走得也一年比一年仓促。偶尔回家,母亲总是格外高兴,不知疲倦地在菜园、井边和灶台上忙活,为我们做饭,给我们炒菜。在母亲,或许这就是最快乐、幸福的事。记得前年春节，早早写信回家，告诉了母亲行期，却没料到，接连不断的事情跟在脚边，弄得我一时半时动不了身。待好不容易做完事，回到家中，差不多已是预约时间一周以后。刚进村口，就有乡邻告诉我，你妈天天到街上等你们，把垭口都望矮了。未能如期而归，母亲该是如何着急，这我能够想象。但当我带着风尘和一脸歉意，出现在母亲面前，她却只说了一句："回来了就好。"我所有的歉意，凝为泪滴落下来。

也就是那时，猛然看见母亲头发中间，凛然生出一撮撮白发，像春天黛青的远山阴影里的一抹抹残雪。这不经意的发现，在我心里，不啻一次剧烈的山崩或海啸。

近年来，母亲常说，她眼涩了，手钝了，缝东西时，穿针都很困难了。而我记得，母亲的手脚，曾是全村里最快的，母亲的针线活，是全村最出色的。无论她缝制的衣服，还是衣服上打的补丁，都会惹得别人夸赞。小时候，每年春节前，母亲都要给我们几姐妹做鞋。那时，她的眼睛明亮如镜，她纳的鞋底，针脚又细又密，鞋帮和鞋底，都有好看的花纹。可是现在，她却连穿针引线，都感到困难了。

"本来想给孙娃做两双鞋的，眼睛看不清了。"母亲声音里，有些无奈和凄惶。

我听了，鼻子酸酸的，眼睛涩涩的，直想哭。为母亲的苍老，也为自己的粗心。虽然我早知道，南来北往人自老，白发取代青丝，是自然规律，谁也无法抗拒。但是，这些年来，我们一直忽略了母亲的变化。每次想到她，浮现眼前的，总是年少时看到她的样子：精神，精明，能干。数十年如一日，母亲一直辛苦奔波，承忍，一直为我们提供着温暖和关爱。那样的自然而然，让我们以为，她会一直如此。让我们一点儿也没觉察到，她会一年比一年老；她的皱纹，会一年比一年密；她的头发，会一年比一年白。也许，我是真的太大意了。连七岁的儿子都知道，世界上一去不复返的东西是时间，我怎么就没在意呢？

就像那口沉默在屋后的井。那井水，一直那么清澈，纯净，一直那么源源不断，让我们从没想到，它也会有枯衰的一天，也会有再不能让我们汲饮的一天。

记得，读过台湾诗人琼虹的一首诗，叫《妈妈》："当我认识你，我十岁／你三十五。你是团团脸的妈妈／你的爱是满满的一盆洗澡水／暖暖的，几乎把我漂起来……等我把病治好／我三十五／你刚好六十／又看到你，团团脸的妈妈／好像一世，只是两照面／你在一端给／我在一端取／这回你是泉流，我是池塘／你是落泪的泉流／我是幽静的池塘。"

或者，对我们而言，母亲就是那不停地供我们汲饮、滋润着我们心田的一眼井。

从来没喝过井水的人，很难理解出门在外的游子对井的情感——井，在游子眼中是家乡的象征，它与老家有关，与母亲有关，与乡愁有关。就像本文作者，他对老井的牵挂和思念，实际上乃是对家、对母亲的牵挂与思念。

从我们出生到逐渐长大，每一步都离不开母亲的关爱。我们的快乐，是母亲脸上的微笑；我们的痛苦，是母亲眼里深深的忧伤。母亲就像那眼幽深的井一样，源源不断地为我们提供爱的源泉。我们可以走得很远很远，却总也走不出母亲心灵的广场。

然而，每当我们踏出一步，母亲的肩膀便弯了一寸；当我们羽翼渐丰、长大成人，母亲早已是老态龙钟、步履蹒跚。当母爱的井水接近枯竭，此时的我们，又能为母亲做些什么呢？唯有像溪流回报海洋那样，用爱反哺母亲，才不会辜负母亲曾经的奉献与付出！

谁言寸草心，报得三春晖。尽管母亲的恩情我们永远也报答不完，但我们还是要尽上一份力所能及的孝心，哪怕只是一点一滴的回报，也足以让母亲感到欣慰。

（王丽娟）

你对我的爱，宽阔辽远一如无际的大海，纯粹透明没有丝毫杂质，而我，只能用杯水去回报大海。

用你爱我的方式去爱你

◆ 卫宣利

你突然打电话说要来我家，电话里，你轻描淡写地说："听你二伯说，巩义有家医院治腿疼，我想去看看。先到你那里，再坐车去。你不用管，我自己去……"

你腿疼，很长时间了。事实上你全身都疼，虽然你从来不说，但我无意中看见，你的两条腿上贴满了止痛膏，腰上也是。你脾气急，年轻时干活不惜力，老了就落下一身的毛病，高血压、糖尿病，心脏也不好，老年人的常见病你一样都不少。年轻时强健壮实的身体，如今就像被风抽干的果实，只剩下一副空架子，弱不禁风。

第二天，我还没起床你就来了。打开门后我看见你蹲在门口，一只手在膝盖上不停地揉着。你眉头紧锁，脸上聚满了密集的汗珠。我埋怨你不应疼成这样才去看医生，你却说没啥大事。

你坚决不同意我陪你去医院，"你那么忙，这一耽误，晚上又得熬夜，总这样，对身体不好……"你的固执让我气恼。正争执间，电话响了，挂断电话，却不见了你。我慌忙跑出去，你并没有走出多远，你走得那么慢，弓着身子，一只手扶着膝盖，一步一步往前移。

看你艰难挪移的样子，我的心猛地疼了一下，泪凝于睫。我紧追过去，在你前面弯下腰，我说："爸，我背你到外面打车。"你半天都没动，我扭过头催你，才发现你正用衣袖擦眼，你的眼睛潮红湿润，有点儿不好意思地说："风迷了眼。"又说："背啥背？我自己能走。"

纠缠了半天，你拗不过我，终于乖乖地趴在我背上，像个听话的孩子。我攒了满身的劲背起你，却没有想象中那样沉，那一瞬，我有些怀疑：这个人，真的是我曾经健壮威武的父亲吗？你双手搂着我的脖子，在我的背上不安地扭动着，身子使劲弓起来，紧张得大气都不敢出。

到小区门口，不过二十几米的距离。你数次要求下来，都被我拒绝。爸爸，难道你忘了，你曾经也这样背着我，走过多少路啊？

18 岁那年，原本成绩优异的我，居然只考取了一个普通的职业大专。我无脸去读那个职专，也无法面对你失望愤怒的眼睛，便毅然进了一家小厂打工。那天，我正背着一袋原料往车间送，刚走到起重机下面，起重机上吊着的钢板突然落了下来。猝不及防的我，被厚重的钢板压在下面，巨大的疼痛，让我在瞬间昏迷过去。

醒过来时我已经躺在医院里，守在我床边的你，着实被吓坏了。你脸上的肌肉不停地跳，人一夜之间便憔悴得不像样子。

后来我才知道，那块钢板砸下来时，所幸被旁边的一辆车挡了一下，但即便是这样，我的右腿也险些被砸断，腰椎也被挫伤。

治疗过程漫长而繁杂，你背着我，去五楼做脊椎穿刺，去三楼做电疗，上上下下好几趟。那年，你 50 岁，日夜的焦虑使你身心憔悴；我 18 岁，在营养和药物的刺激下迅速肥胖起来。50 岁的你背着 18 岁的我，一趟下来累得气都喘不过来。

就是这时候，你端来排骨汤给我喝，你殷勤地一边吹着热气一边把一勺热汤往我嘴里送，说："都炖了几个小时了，骨头汤补钙，你多喝点儿……"我突然烦躁地一掌推过去，嘴里嚷着："喝喝喝，我都成这样了，喝这还有什么用啊?！"

汤碗"啪"的一声碎落一地，排骨海带滚得满地都是，热汤洒在你的脚上，迅速起了明亮的泡。我呆住，看你疼得龇牙咧嘴，心里无比恐惧。我想起来你的脾气其实很暴烈，上三年级时我拿了同桌的计算器，你把我的裤子扒了，用皮带蘸了水抽我。要不是妈死命拦住，你一定能把我揍得皮开肉绽。

然而这一次，你并没有训我，更没有揍我。你疼得嘴角抽搐着，眼睛却笑着对我说："没事儿，爸爸没事儿！"然后，一瘸一拐地出去了。

你完全像换了一个人，那么粗糙暴烈的人，居然每天侍候我吃喝拉撒，帮我洗澡按摩，比妈还耐心细致。我开始在你的监督和扶持下进行恢复锻炼，每天早上五点起床,你陪着我一起用双拐走路。我在前面蹒跚而行,你紧随着我亦步亦趋,我们成了那条街上的一道独特的风景。

为了照顾我,你原来的工作不做了。没了经济来源,巨额的医疗费压得你抬不起头。你四处借钱债台高筑,亲戚们都被你吓怕了。那次你听说东北有家医院的药对我的腿有特效,为了筹药费,你跑到省城去跟大姑妈借钱。

8个月后,我开始扔下拐杖能自己走了。

这次去医院做检查,你不停地问我:"到底怎么样?不会很严重吧?"我紧紧握着你的手,你厚实粗糙的大手在我的掌心里不停地颤抖。我第一次发现,你其实是那么害怕。

结果出来,是骨质增生,必须手术治疗。医生说:"真想象不出,你如何能忍得了那样的疼?"

办完住院手续,我决定留下来陪你,像你从前对我那样,为你买喜欢的菜,削苹果给你吃,陪你下棋,搀扶你去楼下的小花园散步,听你讲我小时候的事情。我问你还记不记得曾经拿皮带抽过我,你心虚地笑。

那天护士为你输液,那个实习的护士,一连几针都没有扎进血管。我一把推开她,迅速用热毛巾敷在你的手上。一向脾气温和的我,第一次对护士发了火:"你能不能等手艺学好了再来扎?那是肉,不是木头!"

护士尴尬地退了下去,你看着暴怒的我,眼睛里竟然有泪光闪烁。我猛然记起,几年前,你也曾这样粗暴地训斥过为我扎针的护士。

手术很成功。你被推出来时,仍然昏睡着。我仔细端详着你,你的脸沟壑纵横,头发白了大半,几根长寿眉耷拉下来……我想起你年轻时拍的那些英俊潇洒的照片,忽然止不住地心酸。

几个小时后,你醒了,看见我在,又闭上眼睛。一会儿,又睁眼,虚弱地叫:"尿……尿……"

我赶紧拿起小便器,放进你被窝里。你咬着牙,很用力的样子,但半天仍尿不出来。你挣扎着要站起来,牵动起伤口的疼痛,巨大的汗珠从你的额角渗出来。我急了,从背后抱起你的身体,双手扶着你的腿,把你抱了起来。你轻微地挣扎了几下后,终于像个婴儿一样安静地靠在我的怀里,那么轻,那么依恋。

出院后你就住在我家里。每天,我帮你洗澡按摩,照着菜谱做你喜欢吃的菜,绕很远的路去为你买羊肉汤,粗暴倔犟的我也会耐心温柔地对你说话。阳光好的时候,带你去小公园里听二胡,每天早上催你起床锻炼,你在前面慢慢走,我在后面紧紧跟随……所有的人都羡慕你有一个孝顺的儿子,而我知道,这些都是你传承给我的爱的方式。只是我的爱永远比不上你的爱。你对我的爱,宽阔辽远一如无际的大海,纯粹透明没有丝毫杂质,而我,只能用杯水去回报大海。

用你爱我的方式去爱你!这是一个儿子的宣言,更是一阕感恩的诗篇!

我们长大,父母老去,生命本身就是一个循环的过程。只是,当父母老了的时候,作为儿女的我们千万不要忘记,他们当年是如何地爱你。

当我们还很小的时候,他们花了很多时间,教我们用勺子筷子吃东西,教我们做人的道理。你是否还记得我们练习了很久才学会的第一首儿歌?你是否记得经常逼问他们,我们是从哪里来的?

所以,当他们有一天变老时,他们想不起来或接不上话时,请不要责怪他们;当他们开始忘记系扣子绑鞋带,当他们开始在吃饭时弄脏衣服,当他们在梳头时手开始不停地颤抖……请不要催促他们;因为我们在慢慢长大,而他们却在慢慢变老。只要我们在他们的眼前,他们的心就会很温暖。

如果有一天,当他们站也站不稳,走也走不动的时候,让我们紧紧地握住他们的手,陪他们慢慢地走。就像,就像当年他们牵着我们一样……

当父母老了的时候,请像他们爱你那样去爱他们,这是儿女们应尽的义务,这是父母老有所依的骄傲,这是绿叶对根的情谊!

(王丽娟)

她会后悔吗？不会。为了儿子她甘愿付出一切，为了儿子她愿忍
受一切……

不要伤害我的母亲

◆赵德林

昨天夜里妹妹哭着打来电话。她告诉我：母亲被抓走了。我的心一沉，没想到这一天来得竟是这样快。我咬紧牙，可眼泪仍旧止不住地往下流淌。我稳了稳情绪，告诉自己不准哭，一定要坚强。因为还有妹妹，她才十几岁，这样突如其来的变故，她怎能承受啊！我不停地安慰着妹妹，让她安心学习，我会想办法的。妹妹好像找到了依靠，恋恋不舍地挂断了电话。

我静静地走出宿舍，躺在校园的草地上，在夜幕的掩盖下我的眼泪肆无忌惮地奔流。夜风吹过，我的感情如潮水般在脑海里奔腾。"任何感情都能留下痕迹并且能穿越时空。"母亲啊，你在哪里？不知你是否能感受到儿子的这份感情。你的儿子理解你，因为你所做的一切都是为了我——一个残疾的儿子。

母亲只是一个普普通通的农村妇女，她勤劳善良，乐观又胆小怕事。她仅上过几天学，只认识自己的名字。她和父亲勤勤恳恳地耕种着几亩薄田，近年来朝阳地区连年大旱，受灾严重，他们辛苦操劳一年仅仅能收得勉强果腹的粮食，日子每况愈下，母亲却乐观地说："庄稼不收年年种，老天饿不死瞎家雀儿，总会有办法的。"可现实是残酷的，去年我们村农网改造，由于家里拿不出200元的改造费而被断电。起初父亲有些不习惯漆黑一片的生活，他无奈地说："没想到生活一下子倒退了40年。"说者无心，听者有意。我的心里隐隐作痛，父亲已经五十多岁了，人说五十而知天命，难道他的"天命"就是这样的生活吗？我羞愧难当。母亲见我的脸色不好，立刻接过话头说："满足吧！40年前你还在吃大食堂呢,谁能顿顿吃上净面的饼子呀?"父亲不吭声了,我更加内疚。

我上学时母亲借遍了所有的亲戚,终于送我进入了大学校门,此后每月她都准时寄钱给我。直到今年暑假我才知道,这些钱是如此的来之不易。那一天,我亲眼看到母亲和一群妇女躲在铁路旁的树林里,当一列客车开入小站时,她们挎着篮子冲出树林一窝蜂地拥到列车下叫卖。那列快车在我们这个小站错车,仅停三五分钟,母亲吃力地挎着篮子迈过纵横交错的废弃铁轨来到车窗下,低声叫卖,她的眼睛不时地惊慌四顾,她要提防着站内人员的驱赶,更要提防车上的铁路巡警下车抓捕。母亲身高不足一米五,她站在路基下必须把一袋水果举过头顶,抬起脚跟,吃力地跳两跳才能让车上的乘客抓到。看着母亲的背影,我的眼睛模糊了,我什么也不顾地跑过去,夺过母亲手里的水果往车上递。母亲当时的表情非常尴尬,大概她不愿让儿子看到她现在的样子。短短的三五分钟,列车开动了,这些人一哄而散。回到家后,我说:"明天我和你一起去吧?"母亲摇摇头说:"可不行!要是被巡警抓住是要坐牢的!"我着实大吃一惊,没想到这么严重,我忙劝她:"那你也别去了。"她固执地说:"赶紧凑两个钱儿,好把你送走。放心!我不会出事的!"第二天我到工地上当了一名小工,替人筛沙子和灰。在干活时我无时无刻不为母亲提心吊胆,有一次我听母亲低声对父亲说:"我要被抓走了,千万不要交罚款赎我,你只管把顶棚上的钱拿着送孩子上学。"那一刻,我突然明白了许多……

假期过去了,我含着泪揣着一叠一元两元的票子回到了学校,没想到刚过这么几天母亲真的被抓走了,不知被带到了哪里。我不敢想象母亲今后的生活,她是一个十分要强的人,她曾把人格和尊严看得比生命还重要,今天她却被抓进了拘留所。在乡下,人们把拘留所也看做监狱,进过监狱的人是最让人瞧不起的,在这些农村人心中还有什么比让警察抓走更令人耻笑的呢?我仿佛看到母亲走在街上,一束束歧视的目光,让她抬不起头来;我仿佛听到人们的小声议论:那是一个贪财的婆娘,被抓进监狱过哟!母亲如果经受这些会怎样呢?她会哭的,但一定是躲在家里偷偷地哭。她会后悔吗?不会。为了儿子她甘愿付出一切,为了儿子她愿忍受一切……

有位日本作家曾说:"人类在出生时,就是带着感情而来的。"我认为那种最原始的感情就是对母亲的挚爱。我愿以生命做担保告诉所有的人:求求你们,不要伤害我的母亲,她并不坏!

铁道边上总有故事发生。

十几年前看铁凝的《哦,香雪》,看着那个可爱的小女孩儿,顶着一只篮子出现在列车边上,沿窗叫卖,有一次甚至上了车来不及下去被带到下一站,只能步行回家。我的内心深处被触动的是香雪那种纯真、朴实和清新的气息。谁会想到,十几年后,一个同样是在铁道边沿列车窗向旅客叫卖的母亲的故事会让我如此难受、不安。

这样的母亲是如此真实,就像一个长大成人的香雪,依然纯真、朴实和清新,为了让自己的儿子顺利上学,她重操旧业,在火车进站的片刻时间里卖一些土产赚点钱,这是一颗母亲的殷殷之心,让我们能感觉到有温暖在怦然而动。

可是,这再不是那个香雪的时代了——也许是为了保证旅客的安全,也许是为了防止出现意外,总之在列车旁叫卖的人是犯法的,是要坐牢的!然而,母亲为了儿子依然义无反顾,我们能宣判这个母亲有罪吗?

母爱无罪!

(邓燕云)

儿女的爱和尊重,能让一个被视为草芥的父亲像山一般挺立。

关于父亲的故事

◆范春歌

10 年前,我曾在长途车上目睹过这样一幕。那一天,我从瑞丽乘车前往西双版纳。这种滇南最常见的长途车,途中常常会搭载那些在半路招手的山民,

因此开开停停，颇能磨炼人的耐性。好在旅行中的人大都不会有什么十万火急的事儿，正好悠闲地随车看风景。

将近黄昏的时候，中途上来一位黑瘦的农民，两手牵着他的两个年幼的儿子。虽然父子三人的衣服上都打着补丁，但洗得干干净净。路面坑洼不平，站在过道上的两个男孩显然不是经常乘车，紧张地拽住座位的扶手，小脸蛋儿涨得通红，站得笔直笔直。不一会儿，他俩更害怕了，因为父亲在买车票时与司机发生了争执。

父亲怯生生地但显然不满地问司机，短短的路程，票价为何涨成了5元钱？他说往日见过带孩子的乘车人，只掏两元就可以。司机头也不回："我说多少就多少！"父亲仍然坚持："你要说出个道理。"司机回头扫了他一眼，恼怒地吼起来："不愿给就滚下去！"车门随之砰地打开了。

两个男孩恐惧地拽紧了父亲的衣角，父亲拉着孩子的小手要下车，但车门又关上了，车继续朝前开去。司机骂骂咧咧地催促农民拿出5元钱买票，仿佛在呵斥一头不驯服的牲口。两个男孩因为父亲遭受的羞辱而感到害怕。在他们幼小的心灵里，父亲一向像座大山，而此时却像棵随时能被人拔起的小草，他们不明白这种力量来自何处。

这是乡间山路上的长途汽车里常见的镜头，保持缄默的乘客们往往因为在路上，宁少一事而不愿多一事。我得承认，因为路途还长，我也如此。

这种事，结局往往是农民屈从。

但这位农民不。他轻轻地拍了拍胆怯地缩进他瘦小的怀里的两个孩子的头，眼神虽流露出一个父亲在儿子们面前遭受旁人羞辱时的疼痛，但他平静却坚定地告诉司机："我只会按公道付你两块钱。"司机不理睬。不久，到了父子三人下车的地点，司机却加大了油门开了过去，汽车在他手下仿佛变成一头狂暴的公牛。

两个男孩惊慌地望着父亲，眼泪快要夺眶而出。我终于忍不住了，愤怒地走到驾驶座："够了，你必须停车，他带着孩子！"

车又长长地滑行了一段，停住了。农民从内衣口袋里掏出两元钱递给了司机，脸上是不容置疑的神情。司机看了他一眼，沮丧地接过钱扔到驾驶台上。

农民带着孩子下了车，两个儿子一左一右地簇拥着父亲瘦小的身躯，充满尊严地往回走。儿子们的脸上此刻写满骄傲，为父亲的胜利。

那一刻，我的鼻头有些发涩，因为感动。我感慨万端地目送滇南山区的父子三人欢快而尊严地大踏步地走在大路上，尽管一场风波延长了他们回家的路。

我相信若干年后，孩子们将发现它更是人生中一个至关重要的胜利。试想，在孩子心目中最具权威的父亲受到欺辱，而且父亲又在屈辱中向不公正低头……那么，一个父亲的尊严将被彻底亵渎，一个社会的尊严同样会大打折扣。

那位农民是我见过的最勇敢的父亲之一，而生活中也不乏让父亲伤心的怯懦的儿女。

我读高中的时候，有一年学校翻建校舍。下课后趴在教室的走廊上观看工人们忙碌地盖房子，成为我在枯燥的校园生活中最开心的事。班上的同学渐渐注意到，工程队里有一位满身泥浆的工匠常常来到教室外面，趴在窗台上专注地打量我们，后来又发现，他热切的目光似乎只盯着前排座位上的一个女孩子。还有人发现，他还悄悄地给她手里塞过两个热气腾腾的包子。

这个发现使全班轰动了，大家纷纷询问那个女孩子，工匠是她家什么人？女孩红着脸说，那是她家的一个老街坊，她继而恼怒地埋怨道："这个人实在讨嫌！"声称将让她已经参加工作的哥哥来教训他。大家觉得这个事情很严重，很快报告了老师，但从老师那里得到的消息更令人吃惊，那位浑身泥浆的男人是她的父亲。继而，又有同学打听到，她的父亲很晚才有了她这个女儿，这次随工程队到学校来盖房子，不知有多高兴。每天上班，单位发两个肉包子做早餐，他自己舍不得吃，天冷担心包子凉了，总是揣在怀里偷偷地塞给她。为了多看一眼女儿上课时的情景，常常从脚手架上溜下来躲在窗口张望，为这没少挨领导的训。但她却担心同学们知道父亲是个建筑工太跌伤。

工程依然进行着。有一天，同学们正在走廊上玩耍，工匠突然跑过来大声地喊着他女儿的名字，这个女同学的脸色骤然变得铁青，转身就跑。工匠在后面追，她停下来冲着他直跺脚："你给我滚！"工匠仿佛遭到雷击似的呆在了原地，两行泪从他水泥般青灰的脸上滑下来。少顷，他扬起了手，我们以为接下来将会有一个响亮的耳光从女孩的脸上响起。但是，响亮的声音却发自父亲的脸上，他用手猛地扇向了自己。老师恰恰从走廊上经过，也被这一幕骇住了，当她扶住这位已经踉踉跄跄的工匠时，工匠哭道："我在大伙面前丢人了，我丢人是因为生出这样的女儿！"

那天女孩没有上课，跟她父亲回家了，父亲找女儿就是来告诉她，母亲突然发病。

不知为什么，那年翻修校园的工期特别长，工匠再也没有出现在校园里，女孩也是如此，她一学期没有念完就休学了。有一次，我在街上偶然遇见了工匠，他仍然在帮别人盖房子，但人显得非常苍老，虽然身上没有背一块砖，但腰却佝偻着，仿佛背负着一幢水泥楼似的。

儿女对父亲的伤害是最沉重的，也最彻底，它可以让人们眼中一个大山般坚强的男人轰然倒地。同样的道理，儿女的爱和尊重，能让一个被视为草芥的父亲像山一般挺立。

下面这个故事是已经干媒体的我从同行的采访中了解的：

新生入学，某大学校园的报到处挤满了在亲朋好友簇拥下来报到的新同学，送新生的小轿车挤满的停车场，一眼望去好像正举行一场汽车博览会，学校的保安这些年虽然见惯了这种架势，但仍然警惕地巡视着，不敢有半点儿闪失。

这时，一个拎着一只颜色发黑的蛇皮袋、衣衫褴褛的中年男人出现在保安的视野中。那人在人群里钻出钻进，神色十分可疑，正当他盯着满地的空饮料瓶出神的时候，保安一个箭步冲上去，揪住了他的衣领，已经磨破的衣领差点儿给揪了下来。

"你没见今天是什么日子吗，要捡破烂也该改日再来，不要破坏了我们大学的形象！"

那个被揪住的男人其实很胆小，他第一次到宜昌市来，更是第一次走进大学的校门。当威严的保安揪住他的时候，与其说害怕不如说是窘迫，因为当着这么多学生和家长的面，他一时竟说不出话来。这时，从人缝里冲出一个女孩子，她紧紧挽住那个男子黑瘦的胳膊，大声说："他是我的父亲，从乡下送我来报到的！"

保安的手松了，脸上露出惊愕：一个衣着打扮与拾荒人无异的农民竟培养出一个大学生！不错，这位农民来自湖北的偏僻山区，他的女儿是他们村有史以来走出的第一位大学生。他本人是个文盲，十多年前曾跟人远远地到广州打工。因为不识字，看不懂劳务合同，一年下来只得到老板说欠他800元工钱的一句话。没有钱买车票，只得从广州徒步走回湖北鄂西山区的家，走了整整两个月！在路上，伤心的他暗暗发誓，一定要让三个儿女都读书，还要上大学。

女儿是老大，也是第一个进小学念书的。为了帮家里凑齐学费，她8岁就独自上山砍柴，那时每担柴能卖5分钱。进了中学后住校，为节省饭钱，她6年不吃早餐，每顿饭不吃菜只吃糠饼，就这样吃了6年。为节省书本费，她抄了6年的课本……

她终于实现了父亲的也是她自己的愿望，考上了大学。父亲卖掉了家里的5只山羊，又向亲朋好友借贷，总算凑齐了一半学费。父亲坚持要送女儿到大学报到，一是替女儿向学校说说情，缓交欠下的另一半；二是要亲眼看看大学的校园。临行时，他竟找不出一只能装行李的提包，只好从墙角拿起常用的那只化肥袋。

他绝对想不到自己会在这个心目中最庄严的场合被人像抓小鸡似的拎起来。当女儿骄傲地叫他父亲，接过他的化肥袋亲昵地挽着他的胳膊在人群中穿行的时候，他的头高高地昂起来，那是一个父亲的骄傲，也是一个人的骄傲。

报到结束了，还有些家长在学院附近的旅馆包了房间，将陪同他们的儿女度过离家后的最初时光。但他不能，想都不敢想。他一天也不敢耽误返程的时间，而且他的路比别人都要遥远，因为他将步行回到小山村。

不过，这一次步行，他会比一生中的任何一次都要欢快，他知道，离能买得起一张硬席车票的日子已经近了……

感恩提示

这其实是关于尊严的故事，故事里有三位父亲。

第一位父亲，在强势面前不屈服，他固执而顽强地维护着自己的尊严底线并最终赢得了胜利。他的两个孩子因此为自己的父亲而感到骄傲。

第二位父亲，因为卑微的身份而只能遮掩起对女儿的爱，但女儿却嫌弃他的卑微，拒不相认并出言侮辱。被羞辱的父亲，连最后的骄傲也轰然倒塌。

第三位父亲，同样卑微，甚至比第二位父亲还要微不足道。他就像一个捡垃圾的而受到歧视。但在他受到非难时，他的女儿却让他赢得了尊重，"不，他是我的父亲"。是的，一个像叫花子一样的父亲，却培养了一个大学生。

第二辑　用你爱我的方式去爱你

农民父亲的勇敢，与其说赢得了那次争执的胜利，不如说是在孩子面前确立了尊严的坐标，他维护了自己的自尊，也维护了孩子们的自尊；而建筑工女儿的怯懦，用践踏父亲的方式保护自己的虚荣心，却深深伤害了父亲的尊严，最终两败俱伤；倒是最后的那位女孩，她紧紧搂住一个像叫花子一样的父亲，她用告白的方式守护了父亲的尊严，不仅让人敬佩，更让人感动。　　（刘英俊）

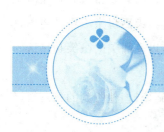

在开满粉红花瓣的樱桃树下，伴着柔柔的和风，蒂姆再次为母亲拉起了小提琴。他知道，母亲一定听得到自己的琴声，因为她是用心去感受儿子的爱和梦想。

樱桃树下的母爱

◆檀小鱼/译

蒂姆4岁那年，一向花天酒地的父亲向母亲提出了离婚。母亲带着他搬到了马洛斯镇定居。

马洛斯镇尽头有一个大型的化工厂，工厂附近有许多美丽的樱桃树，蒂姆一眼就喜欢上了这里。

蒂姆在新的环境中生活得十分愉快。他喜欢拉琴，每天都要拿着心爱的小提琴来到院子里的樱桃树下演奏。

几年过去了，他的琴技日渐提高，悠扬的乐声是他们生活中最美妙的伴奏。

不幸还是再一次降临到了这对母子身上。化工厂发生了严重的毒气泄漏事故，距离化工厂最近的蒂姆家受到了严重的污染。蒂姆时常恶心、呕吐，最可怕的是他的听力开始逐渐下降，医生遗憾地表示蒂姆的听觉神经已严重损坏，仅保有极其微弱的听力。

母亲狠下心把蒂姆送到了聋哑学校，她知道要想让儿子早日从阴影里走出，就必须尽快接受现实。医生提醒过，由于年纪小，蒂姆的语言能力会由于听力的丧失而日渐下降。因此，即使在家里，母亲也逼着蒂姆用手语和唇语跟她进行交流。在母亲的督促和带动下，蒂姆进步得很快，没多久就能跟聋哑学校的孩子们自如交流了。樱桃树下又出现了蒂姆歪着脑袋拉琴的小小身影。

看到儿子的变化，母亲很是欣慰。和以前一样，每次只要蒂姆开始在樱桃树下拉琴，她都会端坐在一边欣赏。不同的是，演奏结束后母亲不再是用语言去赞美，取而代之的是她也日渐熟练的手语和唇语，以及甜美的微笑和热情的拥抱。

可蒂姆的听力太有限，他很想听清那些美妙的旋律，但他听到的只有很轻的嗡嗡声。蒂姆很沮丧，心情一天比一天坏。

看儿子如此痛苦，母亲不禁也伤心地流下泪来。一天，母亲用手语对蒂姆"说"道："孩子，尽管你不能完全听清楚自己的琴声，但你可以用心去感觉啊！"

母亲的话深深印在了蒂姆心里，从此他更刻苦地练琴，因为他要用心去捕获最美的声音。为了让蒂姆的琴技更快地提高，母亲还想出了一个妙招——镇上没有专业教师，母亲就用录音机录下蒂姆的琴声，然后再乘火车找城里的专家进行评点，为了避免有所遗漏，她还请专家把参考意见一条条地写下来，好让蒂姆看得清楚。

可蒂姆发现，只要自己演奏较长的乐曲，有时明明超过了50分钟，磁带早到了该翻面的时候，可母亲还看着自己一动不动。蒂姆提醒母亲，母亲忙说抱歉，笑称自己是听得太入迷了。后来，只要录音，母亲都会戴上手表提醒自己，再也没出现过任何疏漏。

樱桃树几度花开花落，在法国的一次少年乐器演奏比赛上，蒂姆以其精湛的技艺和昂扬的激情震撼了在场的所有评委，当之无愧地获得了金奖。而当人们得知他几乎失聪时，更是觉得他的成功不可思议，许多人把他称为音乐天才。更幸运的是，蒂姆的听力问题也受到了医学界的关注，经过巴黎多位知名专家的联合会诊，他们认为蒂姆的听觉神经没有完全萎缩，通过手术有恢复部分听力的可能。

手术很快实施了，效果很理想，医生说再戴上人造耳蜗，蒂姆的听觉基本上就能与常人无异了。

那段时间，母亲一直陪伴在蒂姆身边，戴上耳蜗的这天，蒂姆表现得特别兴奋，他用手语告诉母亲："从现在起，我要学习用口说话，您也不必再用手语和唇语跟我交流了。"他甚至激动地拉起了小提琴，用结结巴巴的声音说："母亲，我能听见了。多么美的声音啊！"然后他又问道，"母亲，您最喜欢哪首曲子，我现在就拉给您听好吗？"

但奇怪的是，母亲似乎根本没有听见他的话，她依然坐在那里含笑看着他，保持着沉默。蒂姆又结结巴巴地问："母亲，您怎么不说话啊？"这时，护士小姐走了过来，她告诉蒂姆，他的母亲早已完全失聪。蒂姆睁大了眼睛，直到这时，他才知道了真相：原来，在那次毒气泄漏事故中损坏了听觉神经的不只是他，还有他的母亲，只是为了不让蒂姆更加绝望，母亲才一直将这个痛苦的秘密隐藏到现在。母亲的绝大部分时间都是和蒂姆用手语和唇语交流。因为很少开口，如今都不怎么会说话了。蒂姆想起年少时对母亲的种种误解，不由得抱着母亲痛哭起来。

蒂姆和母亲回到了家中，初春时节，在开满粉红花瓣的樱桃树下，伴着柔柔的和风，蒂姆再次为母亲拉起了小提琴。他知道，母亲一定听得到自己的琴声，因为她是用心去感受儿子的爱和梦想。虽然他当年在母亲那儿得到的只是无声的鼓励，但这其实是一个伟大的母亲奉献给儿子的最振聋发聩的喝彩！

我们有理由用我们的细心去观察文中的细节：作者对文章题目的运用。作者巧妙地设置了一棵樱桃树，一切的故事，无论是灰色的灾难还是明亮的母爱，都在樱桃树下发生发展。而樱桃，在我们的心中一直代表着晶莹、剔透、纯洁无瑕。在水果里，没有哪种可以比樱桃带给我们的美妙感觉更加明显。于是，在樱桃树下，发生这么美丽感人的故事，也就让我们顺畅地把母亲和感动留在心里，挥之不去。

失聪的儿子，耐心的母亲，繁茂苗壮的樱桃树，如果没有化学物质污染也没有因此致病，这一切都是幸福而美好的代名词。只是，生活总是那么多难，它从不让我们好好地一路顺风。美好的结局从来不是一路顺风的结果，它总是靠磨难磨去灰色的外衣，然后我们才能见识到生活的真谛。于是，我们所能做的，就是像那位失聪的母亲对待她的儿子那样，用美好对抗灾难，用善良战胜灾难。

结局？不用说你也知道，我们肯定会胜利的。 （邓燕云）

老两口徒步100多里看儿子，挨家挨户讨要这么多的馒头！怕儿子一时吃不完再坏了，他们一人拉车，一人在车上晾馒头。

父母的心

◆佚　名

那年，我在豫南一个劳改农场服刑。有一次送来一个太康犯人，当他看到别人的家人隔三差五地来看望，他十分羡慕，于是便往家里写信，每月几块钱的劳改金都用在买信封和邮票上。可是，半年过去了，他的家人还是没有来，最后他终于急了，给家里写了一封绝交信。

他的爹娘就他一个娃儿，其实早就想来看他了，只因为家中实在太穷，几十元的路费都借不来。当他们接到娃儿的绝交信的时候再也坐不住了，经过一番认真的考虑和准备，决定去看儿子。他们把家里的板车弄了出来，仔细检查轮胎有没有漏气。感到没有啥大问题了，就把家里仅有的一条稍新点儿的被子铺到车上，然后向劳改农场出发。在路上，老两口始终一个拉车，另一个在车上休息，谁累了谁歇，但板车不能停。他爹不忍心让他娘累着，就埋头拉车，被催得急了，才换班歇歇。

因为走的路远，他爹的鞋子很快就磨漏了。他们当初可没有想到出现这种意外，当他娘给他爹挑扎在脚中的刺的时候，气得直摇头，嘴里不住地叹气，可是路还是要赶，从清晨到晚上，一直走到天黑看不清楚东西才找个木棍把车一支，两人在大地里睡一会儿。等天刚蒙蒙亮，又开始赶路！就这样，100多里的路

程,他们走了三天两夜才到达。劳改农场和监狱不一样,在那里,一个犯人的家属来看望,一圈犯人围着看情况,早已司空见惯,所以,太康犯人的家属来看望的时候,我和很多犯人都在场。

那天我们得知老两口从百里之外徒步来看儿子,在场的人都为之震惊了!尤其看到那双磨破的鞋中探出的黑色脚趾,围观的犯人都掉了泪,连管教干部也转过身去擦眼睛。这时,只听"扑通"一声,太康犯人重重地跪在了爹娘面前。

见此情景,我们赶忙上去拉他,可无论如何,他就是跪在地上不起来。管教干部说话了:"谁也别管他,他也该跪了。"说完撇下太康犯人,硬拉着老两口到干部食堂,并吩咐做饭的师傅赶快做些汤面。片刻工夫,满满两大碗汤面端了上来,看样子老两口是真的饿坏了,没有多推让,也不往椅子上坐,原地一蹲,便大口大口地吃了起来,不一会儿就把面条吃得精光,直吃得满头大汗。吃完之后,管教干部又过来了,手里握了一大把零钱:"大爷,大娘这是我们几个干部凑的 120 元钱,钱不多,算我们一点儿心意。"然而不管怎么说他们就是不肯收,嘴里直念叨:"这就够麻烦了,咋能要你们的钱呢。"他们转过身对仍在地上跪着的儿子说:"娃儿,你在这里千万好好改造,等明年麦收了,我们还来看你。"

他爹远远地退到一边,用像砂纸打过的手,拿根木棍在地上乱画。本来,一般家属看望时间只有半小时,管教干部觉得老两口来一次不易,就尽量放宽时间。最后,他们无声地端详了娃儿好久,才依依不舍地上路了。临走的时候又费力从板车上拖下了一个大麻袋。说是娃儿在这干活改造怕他吃不饱,给他留点儿吃的,等儿子饿的时候慢慢吃。

看着老人一步三回头渐渐远去的背影,太康犯人还在地上跪着,满面泪痕。我心里一阵发酸,同时也纳闷儿,这么一大麻袋都是什么吃的?既然他们带吃的了怎么还饿成那样?正好有两个同是太康的犯人,上前帮忙拾起麻袋。其中一个不小心,手没有抓住麻袋的扎口,"砰"地麻袋摔在地上。一下子,一堆圆圆的东西欢蹦乱跳地滚了一地!我仔细一看,满地骨碌滚动的都是馒头,足足有几百个!大的,小的,圆的,扁的,竟然没有一个重样的……显然,它们并非出自一笼,而且这些馒头已经被晾得半干了。看到这些,我的脸好像被人狠狠地扇了一记耳光,火辣生疼!当时,曾以"铁石心肠"著称的我,刹那间再也控制不住自己的情绪了。就在太康犯人的身边,我也"扑通"一声跪了下去。这一举动好像具有感染力，只听"扑通、扑通、扑通"，在场所有的犯人，都齐刷刷地跪了下去！

我不敢想象，老两口徒步百里看儿子的情景。更不敢想象，老两口是怎么挨家挨户讨要这么多的馒头！最让我心痛的是，怕儿子一时吃不完再坏了，他们一人拉车，一人在车上晾馒头。

其实他们哪知道劳改农场饭菜的量，"杠子馍"一个就有一斤重！这麻袋里装的不是馒头啊，分明是一袋鲜活的心，一袋父母心！

它刺痛着我的眼睛，更刺痛着我的灵魂！这时，我耳边传来一声撕心裂肺的嘶喊："爹，娘，我改！"那是太康犯人在爹娘来看望他期间说的唯一的一句话，那简短的四个字响彻天际，重重地砸在我的心上。

感恩提示

"爹，娘，我改！"这一声撕心裂肺的嘶喊是发自肺腑的。我们不怀疑那位犯人的真诚，因为连周围的"我们"都跪下了，那对父母除了得到儿子的表态，"我们"的受感染更是他们的付出所应该得到的。而读到这些文字的我们呢？

对于一个犯错的孩子，旁观者往往只愿意给斥责、训骂、教诲，但是，父母不会。他们对自己的孩子只有爱，无论这爱是什么形式的。在文中，父母拉辆板车沿途乞讨去看望监狱里的儿子，他们只是看望，但是他们的看望就是一种原谅。是的，对犯错的孩子来说，最重要的就是原谅。哪怕你不能亲口说出对孩子的原谅，你做出行动就可以，这行动哪怕就是一个细微的肢体语言。

而孩子呢？犯了错，除了后悔，除了埋怨，除了想得到安慰，悔改也许就是他们对父母最好最大的感恩。文中的太康犯人，他做到了。虽然有些迟，但是知错就改是没有时间限制的，只要你愿意。

(许高英)

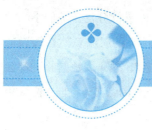

她住院时体重 60.5 公斤,分娩后体重 43 公斤,临终前的体重只有 31.5 公斤。她是在用自己的血肉孕育、哺育这个孩子。

超凡的母爱

◆刘 卫

这是一个不幸的女人,在一个风大雨大的夜晚,一辆车将她从斑马线上撞飞,肇事车又在茫茫夜色中逃逸。她又是幸运的,我们交警和医院、保险、社会保障等部门统筹协调,刚刚开通了"交通事故绿色生命通道"。这个"绿色通道",让她在第一时间得到了最好的医疗救护,没有医疗费用的后顾之忧。

自从入院以来,她一直昏迷不醒。医生说她脑部神经受到损伤,也许永远也醒不了。她还有身孕,已经 5 个多月了。出于治疗上的需要,应该考虑引产。可当她从神经外科转到妇产科病房时,医生却迟迟下不了决心实施这次手术,她腹中的胎儿不仅发育正常,而且一些生命指数高于同孕期胎儿,这简直是一个奇迹。

她的身世也是个谜。在事故现场,只遗落着她简单的行装。她是谁,她有着怎样的人生?她从哪里来要到哪里去?她的匆匆旅程是与谁相约?她腹中胎儿的父亲又是谁?这其中有着怎样的故事?只要她不清醒,这一切都将无从得知。更没人清楚,她在出事之前,日子是快乐还是忧伤?她得到了妇产科护士最精心的护理,她们让她的身体始终干净清爽,散发着孕妇特有的芬芳。她们愿意与她共同呵护一个生命奇迹。

时光在她的昏睡中一天天地过去。后来她被推进了产房,后来医生骄傲地宣布:"5 斤重的男婴,健康极了!"那一刻有掌声响起。

护士小姐把她的孩子抱来给她看,她们觉得虽然母亲是植物人,但是也应该让母子见见面。她们惊喜地发现她胸前潮湿一片,有乳汁分泌。她们小心翼翼地把婴儿的嘴贴上去。随着婴儿本能地吸吮,她脸上的肌肤竟然在微微颤动,那分明是在笑啊。多少次,每当护士把她的孩子抱来吃奶时,她的脸上都会出现这种幸福洋溢的表情,有时嘴里还会发出含混不清的音节,一如一位快乐的母亲在对着婴儿呢喃细语。

神经科医生以此推论:她的大脑可能一直是有意识的、清楚的,只是神经中枢的连接出了问题,使她失去了语言与行动能力,无法表达自己的思想与感受。

她的身体早虚弱到了极点。母乳喂养,只能加速她的衰竭。可是,谁又能忍心剥夺她这样一位母亲的哺乳的权利?

3个月后,当孩子又一次吃饱之后,她终于平静安详地离开了这个世界。很多人都想领养她的孩子。几经权衡,我们还是选择了儿童福利院。福利院长大的孩子都姓"党",老院长说了,人们不会让这个孩子受到一丁点儿委屈。否则就对不起他妈妈。

依据有关的政策她的丧葬费只有几百元,这是不能把一个人体面地打发上路的。我们交警队事故科的同事,凑了 2000 元钱,请护士小姐们给她买了几件新衣服。护士长却说:"不用了,我们都已经准备好了。那一天,我们医院所有已经做了母亲和将来要做母亲的人,都会去送她。"护士长还说,她住院时体重 60.5 公斤,分娩后体重 43 公斤,临终前的体重只有 31.5 公斤。她是在用自己的血肉孕育、哺育这个孩子。本来她生下他后,就可以"走"的,可是她怕自己的孩子没有奶吃,怕他觉得孤独,又坚持着在人生路上陪他走了一段。后来我们用这点儿钱给她买了块平价墓地。

没有她的名字,没有她的生平资料,所以墓碑上只有一行文字:"一个全身上下都闪烁着母爱光辉的女人。"

一位植物人母亲,她要做妈妈了,在怀孕 5 个月时,厄运把她打进了植物人的世界。从此,她的世界一片黑暗,而她的孩子的世界,却被她精心维护着以

前的样子。作为妈妈,她不忍心就此走了,因为她是妈妈,她的任务是把孩子顺利生下来。

孩子顺利生下了,5斤,还很健康。这是一个生命的奇迹,医学的奇迹。她可以走了,她可以笑着走了。笑着走,怕是所有人都愿意选择的方式,有尊严,而且没有遗憾。但是她仍然没走,她用血肉之躯体,用母乳把孩子喂养了3个月。她睡着,但是她的行动把"我们"这些人都震醒了。什么是生命?什么是母爱?她给世人作出了最最生动的解释。

当一块平价墓地里躺着她时,当孩子被送进福利院并从此姓"党"时,世界被一种温暖的光辉照耀着。如果你也听说了这位母亲,如果你有幸看到了这个故事,让我们一起给这位"全身上下都闪烁着母爱光辉的女人"深深鞠上一躬……

(邓燕云)

与其给孩子一双扶助的手,不如在他身后,给他一双信任的眼睛。

身后的眼睛

◆曾 平

那是一头野猪。

皎洁的月光洒在波澜起伏的苞谷林上,也洒在对熟透的苞谷棒子垂涎欲滴的野猪身上。

孩子的眼睛睁得圆圆的。野猪的眼睛也睁得圆圆的。孩子和野猪对视着。

孩子的身后是一个临时搭建的窝棚,那是前几天他的父亲忙碌了一个下午的成果。

窝棚的四周,是茂密的苞谷林,山风一吹,哗啦哗啦地响个不停。

孩子把手中的木棒攥得水淋淋的,这是他目前唯一的武器和依靠。孩子的牙死死地咬紧,他怕自己一泄气,野猪趁势占了他的便宜。他是向父亲保证过的,他说他会比父亲看护得更好。父亲回家吃晚饭去了。

野猪的肚子已经多次轰隆隆地响个不停。野猪目露凶光,龇开满嘴獠牙,向前一连迈出了三大步。

孩子已经能嗅到野猪扑面而来的臊气。

孩子完全可以放开喉咙喊他的父亲母亲。家就在不远的山坡下。但孩子没有,他握着木棒,勇敢地向野猪冲上去,尽管只有一小步,这已经让野猪吃惊不已。它没有料到孩子居然敢向它反击。野猪嗷嗷地叫个不停,它的头猛地一缩,准备拼着全身的力气和重量冲向孩子。

在窝棚的一个角落,一个汉子举起了猎枪。正在他准备扣动扳机的时候,一双手拦住了汉子的猎枪。

那汉子是孩子的父亲,拦住孩子父亲的是孩子的母亲。

孩子的母亲一边拦住孩子的父亲,一边悄悄地对孩子的父亲说,我们只需要一双眼睛!

汉子只好收回那只蓄势待发的手。

孩子的父亲和母亲的眼睛全盯在孩子和野猪身上。月光洒在孩子父亲母亲紧张的脸上,一点儿也掩饰不住他们的担心。孩子的父亲和母亲已经躲在窝棚的角落有些时候了。

孩子没有退缩,也没有呼喊。他死死地咬紧牙,举起木棒严阵以待。

野猪和孩子对视着。

野猪恨不得吞了孩子。

孩子恨不得将手中的木棒插进野猪龇满獠牙的嘴。

野猪呼噜呼噜喘着粗气。

听得见孩子的心咚咚地跳动。

月光照在孩子的脸上,青幽幽的。一层细汗,从孩子的额头,缓缓地沁出。

野猪的身子立了起来。

孩子的木棒举过了头顶。

他们都在积蓄力量。

突然,野猪扭转头,一溜烟地跑了。

孩子长长地吐了一口气,他一屁股瘫在了地上。

孩子的父亲母亲长长地吐了一口气,他们走了过来。父亲激动地说,儿子,你一个人打跑了一头野猪!父亲的脸上满是得意。

孩子看见父亲母亲从窝棚里走出来,突然扑向母亲的怀抱,号啕大哭。孩子不依不饶,小拳头擂在母亲的胸上,说,你们为什么不帮我打野猪?一点儿也没有了先前的勇敢和顽强。

孩子的母亲抱起孩子,认真地说,我们帮了你啊!我和你父亲用眼睛在帮你!

孩子似懂非懂。他只好仔细地看了又看父亲母亲的眼睛,父亲母亲的眼睛和平时一模一样,怎么帮的啊?

那孩子就是我。那年我7岁。

在目睹自己的孩子和一头野猪对峙的生死关头,相信天下所有父母的心都会提到嗓子眼儿,但每一对父母对这个危险情况的处理肯定不尽相同。读过这篇文章后,我一直在想,如果父亲打算开枪时,母亲没有对他进行阻拦,情况又会如何呢?我想作为山里人的父亲,肯定会一枪将那头凶狠的野猪击毙,这样一来,孩子就会顺理成章地得救。从安全角度上讲,这种解决方法最好不过了。但很显然,孩子却无法得到那份一个人战胜一头野猪的自豪和欣喜,孩子将永远是一个孩子,无法长大成人,成为一位勇敢的男子汉。也许正是源于这些考虑,文中孩子的父母最终选择的是用眼睛,用目光去支持自己面对危险的孩子。他们最终成功了,孩子战胜了那头野猪,也体会到了勇敢者才有的自豪。

我想,生活中的坎坷磨难逆境波折,无一不是一头凶恶的野猪,为人父母,也许可以在一时,伸出援助之手,帮孩子解决危难,但却无法永远帮助孩子度过人生中所有的难关。与其给孩子一双扶助的手,不如在他身后,给他一双信任的眼睛。

(苏海平)

父亲的爱护无处不在，细微之处总是那么令人感动。正是有了这样的关怀，我才有一个美丽人生。

来自脚心的温暖

◆若 荷

我参加工作的那年才15岁，抽泣着坐上一辆破旧的支农客车，来到离家100多里地的县城，前来送我的是我的父亲。

那是一个寒冷的冬天，而我的脚上还没有穿棉鞋。在此之前，我从没有出过远门。在家里不觉得冷，我的母亲更没有打发子女出门的经验，一路上，我的脚被冻得像猫咬一样疼。

到了县城，我的手里捏着临出门母亲塞给我的两张钱，一张10元，一张5元，那是母亲当年工资的四分之一。可我不知道城里哪儿有百货商店，没办法，只好挨着。

大约一个星期后，父亲来城里开会，顺便给我买了一双布棉鞋，胶皮底儿，黑色条绒的布面，还有穿过鞋带儿的两排扣眼，厚厚实实的，非常结实。

那时我的个头很小，父亲可能以为我还要长高，一双脚也许会再长大，买来的棉鞋又肥又长，穿在脚上空荡荡的，因此走路总崴脚。

对那双鞋，我心里很不满意。因为同事有些已经穿皮鞋了，黑亮的猪皮半高跟，走起路来身体都亭亭玉立起来，而我的脚上竟然还穿着那样的一双肥大松垮的老棉鞋。

我用不屑的眼神看它，尤其是在父亲面前，偶尔回一趟家，憋足了劲不和父亲说话，脸色十分难看。其实我知道，在我们家里，一应事宜都是由母亲操持的，给儿女买衣物等这些琐屑事情，父亲是从不过问的。可那一次，他却为我去做他不喜欢也不曾做过的事情。

听母亲说,为了给我买那双棉鞋,父亲把会后回家的路费都用上了,100多里的路程,父亲硬是步行20多里,直到深夜才搭乘一辆顺路的货车赶回家里。

"八九元啊,"母亲说,"你一个月的工资是多少?"我知道,在全家七口人(当时病弱的奶奶也在我家里住),平均每月每人才十几元生活费的情况下,在我父母的眼里,那已经是一双很高级的棉鞋了。

我一个月的工资是27元9角,拿到工资后的第一件事,就是到鞋店为自己挑选了一双漂亮的猪皮棉鞋,鞋油擦上,油光锃亮。然而,这时候天气已经很暖和了,皮棉鞋在我的脚上穿了没有一个月就被束之高阁。第二年的冬天,当我再找它出来的时候,它已经严重变形,根本不能再穿了。

所幸的是,我还有父亲为我买的那双笨重的老棉鞋,那年冬天,我又一次穿上了它。我的脚真的又长了许多,老棉鞋穿在上面已经不再显得空荡了,当我再次穿上它的时候,竟然感到它是那么的舒适和温暖。就这样,我穿着它度过了一个又一个滴水成冰的日子,直到在一次洗刷晾晒的时候不慎丢失。

那双普通的老棉鞋,让我铭记到今天。那来自脚心的温暖,在我的记忆里是那么美丽而又忧伤。尤其在父亲去世以后,我才更加体会到,在我成长的日子里,父亲的爱护无处不在,细微之处总是那么令人感动。正是有了这样的关怀,我才有一个美丽人生。

感谢父亲,这许多年来,是无言的父爱伴我在岁月里从容行走,我知道,我的心是因了它才豁朗,我的路是因了它才宽阔的。

感恩提示

有些事情虽然经历往事的洗礼,它仍然留存在内心的深处;有些物件虽然经历岁月浪沙的磨砺,它依然在内心里那么鲜活。这是因为这样的记忆很珍贵,这样的物件就是一笔财富,一生都丢弃不得。对于富人来说,别说拥有一双棉鞋,就是拥有一双漂亮的皮鞋都是一件很简单的事情。但是,穷人家庭的能力有限。"别人拥有很多,而我只拥有你!"对于父亲来说,给女儿买上一双棉鞋几乎是倾其所有了。可为了女儿,父亲毫不犹豫地给她买了。

这是一段让人无法忘记的往事,也许多少年后,再回忆这些的时候,屹、穿、住都上了一个档次,但不变的依然是父亲对女儿的那份爱心,是父亲在寒冷的冬天里温暖了女儿的心。因为,有了父亲的爱,人生才完美。　　(刘明武)

我清楚地看到母亲另一只好的眼中滑出的几滴眼泪,顺着她那沟壑纵横的脸淌进了嘴里。

那个季节,他拒绝母爱

◆邓军清

小伍是我在大学里认识的最要好的朋友。有个周末的晚上,我们看完《九香》这部歌颂母爱的电影回到宿舍,两人都被九香这位伟大的母亲感动着,睡在一起不约而同地唱起了电影主题歌《懂你》:"把爱全给了我,把世界给了我……"突然,小伍停下来问我,想不想听他与他母亲的故事。我以前听小伍说过,他母亲只有一只眼睛,但不知道他们之间有什么故事,我点头之后,他扶了扶眼镜,开始对我细说——

我小的时候,记忆中没有留下母亲为自己哼唱摇篮曲的情景,斗大的字不识一筐的母亲也从未向我讲述嫦娥奔月的神话故事,有的只是母亲那布满褶皱的手做出的一双双穿不了几次就露出几个窟窿的破布鞋以及母亲那只让自己受尽同伴嘲笑的青光眼。

打懂事之日起,我就羡慕小伙伴脚上的布鞋:鞋帮是灯芯绒,鞋面缀有红花绿草。我知道母亲凭借一只眼是无法做出小伙伴那样乖巧的布鞋的。但是她除了不会做布鞋外,似乎和同伴们的母亲没有多大的区别。直到一日,我跟小伙伴拌嘴,小家伙唱着儿歌嘲笑道:"一只独眼,一个洞。拿根拐杖,到处冲。母亲独眼,儿子聋……"这时,才发觉母亲那只青光眼是那样的刺目。

受到同伴欺负的我跑到地里,把正在给黄瓜加棚的父亲拉回家,用手指着

第二辑　用你爱我的方式去爱你

母亲那只黑白混浊的眼问道："爹，娘这只眼睛怎么这样的丑……"话还没说完，父亲那厚实的巴掌就落在了我的脸上，这时母亲急忙把我拉到一边："孩子他爹，你这是干什么？孩子还小……"她边说边从嘴里吐出一点口水，想帮我搓搓。固执的我却不买账，大哭大叫道："他们都说娘是青光眼，久了会传人，他们都不让我和他们一起玩……"看着我哽咽不止，父亲的眼睛也湿润了。

父亲说，年轻时母亲的容貌曾使别人相形见绌，就是一次残酷的眼伤，剥夺了她一只美丽的眼睛。我再三追问是谁让母亲失去眼睛的，父亲沉默了。那时，我清楚地看到母亲另一只好的眼中滑出的几滴眼泪，顺着她那沟壑纵横的脸淌进了嘴里，可惜我没有读懂。

后来，我来到了离村10公里的小镇上小学，以为终于可以在同学面前像父亲包裹母亲受伤的秘密一样，把母亲给包裹起来了。

一个细雨霏霏的黄昏，母亲给我送东西，我从她手中接过菜和她卖山药蛋换回的几毛钱，就赶紧对她说："娘，你快走吧！"说完我急忙往宿舍跑。可后来母亲却隔三差五地给我送菜、送钱。久而久之，全校的人都知道了我有一位青光眼的母亲。一位顽皮的同学竟用一只眼扭曲变形地闭着，学着母亲的声音教训我。当时我没有哭，只是用牙咬着嘴唇诅咒母亲："娘，你为何不健全，我恨你，恨你……"刚好母亲那天又来送菜，在高大的校门口旁，娘那单薄的身体显得那样孱弱，可那只黑白混浊的眼睛却是那样的硕大而凹陷，我气冲冲地夺过她手里的菜往地上一甩，大叫道："你走，我不想再见你！"一向慈祥的母亲举起了她那只本不太丰厚的手，可后来又缓缓放下了，夺眶而出的泪水终于落在了她手中摸着的那双布鞋上，母亲把布鞋放在地上，身影融进了淅沥的小雨中。

后来，母亲还是一个星期给我送一次菜，每次依然有几毛给我买书的钱，但是，她再不见我，她让学校守门的老头把东西转交给我。再后来，我考上了大学。每次带同学到我家，母亲总是亲自下厨，做我最爱吃的红烧肉，只是她从来不和我们一起吃饭，总在我的同学走了以后才出来就餐，这使已经长大成人的我感到深深的自责。去年冬天我回家，家中只有父亲一人在看电视，突然，电视上出现了一个妇女背着小孩赶集的画面，背篓里的儿子紧抓妇女的头发使劲拉，妇女除了咬牙切齿的痛苦状外，竟不发出一点儿声音，我气愤地说道："这人真蠢，叫一声，小孩不就会松手了，你看把头发也扯下来了。"抽着旱烟的父亲这时自言自语道："有的人比她更蠢，当顽皮的儿子拿针往自己的眼里扎时，她怕大叫吓着儿子，竟然让儿子连扎三下，结果把一只好好的眼睛给扎瞎了……"

父亲的话里有话。我有些明白，天啊，怎会是这样！竟然是我，让母亲失去了一只眼睛。剥夺母亲美丽的，竟然是吃她乳汁长大的我。我似乎觉得我的眼里有一把锋利无情的刀，在一刀一刀地割着、剐着，双眼连肉带血地往下掉，血也一滴一滴往下淌，流到嘴里才知是咸咸的泪……

听小伍说着，我的心被深深地震撼了。梦中我和小伍回到了他的故乡，他的母亲在山上放牛，看见我们时，他母亲正赶着他家那头瘦骨嶙峋的母牛和一头小黄牛从树林里出来，为了走快点儿，她扬起了手中的牛鞭往母牛身上甩。可不知为啥，牛却突然停下来了，她使劲又甩一鞭，母牛纹丝不动地嘶叫一声："哞……"小黄牛扬起头拉着母牛那干瘪的乳房使劲地拖。她看见后，放下手中的牛鞭对小牛自言自语道："冬天奶水不足，要使劲挤，不然吃不出奶来的。"这时，我只觉得眼睛有些湿润，眼前老黄牛腹下两排干瘪的乳房被小黄牛拉得很长很大，小伍母亲那只凹陷的伤眼也很亮很美。

梦很离奇，不知什么时候，我竟然蹲在那老母牛腹下去吃牛奶。吃惊的母牛，一蹄子把我打了一个跟跄，牛奶没吃着，从牛乳房里射出的奶水，弄得我一脸都是。我用手一摸，人也从梦中醒来。哦，是梦！但脸上确有湿润的感觉，原来小伍还没睡，我脸上是小伍的泪水。

感恩提示

农村乡下常常可以看到这样一个细节，那就是，老黄牛把小牛犊护在肚子底下喂奶，在老黄牛的肚子底下，小牛犊吃奶的样子很撒娇，像个娃娃。这样的一个细节非常感人，使我多次看了后仍然感动不已。时下流行一个词叫"护犊"，说的就是这么一个意思。人们常说，人是无私的，人只追求付出不求回报，这样的场景可以多次在母爱中寻见。就像本文写到的母亲，怕吓到儿子，竟然不敢大声对儿子吼，只好任凭不懂事的儿子拿起针尖刺她的眼睛，最终导致了母亲一只眼睛的失明。

母亲的"残疾"使儿子在同学面前的虚荣心越来越强，直至他制止母亲出现在同学面前。这样的细节和当时母亲对待儿子的情感形成强烈的对比。儿子

是自私的,母亲是无私的;儿子是狭隘的,母亲是宽容的;儿子是不懂事的,母亲是"护犊"的……为了儿子,母亲毫不犹豫付出了自己的眼睛,试问,还有什么比这更伟大的爱吗?令人安慰的是,当儿子长大之后,懂得了母亲的爱,知道了母亲那伟大的爱。

(刘英俊)

在母爱的天空里,远去的是母亲放飞的手,归来的是母亲施与的爱,这种爱的法则亘古不变。

远去了,母亲放飞的手

◆刘心武

从1950年到1959年,我8岁到17岁。家里平时就我和母亲两人。回忆那10年的生活,母亲在物质上和精神上对我的哺育,都是非同寻常的。

物质上,母亲自己极不重视穿着,对我亦然,有得穿就行了。用的,如家具,也十分粗陋。但在吃上,那可就非同小可了,母亲做得一手极地道的四川菜,且不说她能独自做出一桌宴席,令父亲的那些见过大世面的朋友交口称誉,就是她平日不停歇地轮番制作的四川腊肠、腊肉等,也足以叫邻居们啧啧称奇。有人就对我发出警告:"你将来离开了家,看你怎么吃得惯啊!"但是母亲几乎不给我买糖果之类的零食,偶尔看见我吃果丹皮、关东糖之类的零食,她总是要数落我一顿。母亲坚信,一个人只要吃好三顿正经饭,便可健康长寿,并且那话里话外,似乎还传递着这样的信念:人只有吃"正经饭"才行得正,吃零嘴意味着道德开始滑落——当然很多年后,我才能将所意会到的,整理为这样的文句。母亲在饮食上如此令邻居们吃惊,被一致地指责对我的"娇惯"和"溺爱"。但还有令邻居们吃惊的事。那就是我家是大院中有名的邮件大户。如果那几十种报刊都是我父亲订的,当然也不稀奇,但我父亲其实只订了一份《人民日报》，其余的竟都是为我订的。邻居大妈不解地问我母亲："你怎么那么舍得为儿子花钱啊？你看你，自己穿得这么破旧，家里连套沙发椅也不置！"母亲回答得很坦然："他喜欢啊！这个爱好，尽着他吧！"

1959年，我被北京师范专科学校录取，勉勉强强地去报了到。我感到"不幸中的万幸"是这所学校就在市内，因此我觉得还可以大体上保持和上高中差不多的生活方式——晚上回家吃饭和睡觉。我满以为，母亲会纵容我"依然故我"地那样生活。但是她却给我准备了铺盖卷和箱子，显示出她丝毫没有犹豫过。母亲不仅把我"推"到了学校，而且，也不再为我负担那些报刊的订费，我只能充分地利用学校的阅览室和图书馆。

1960年春天，有一个星期六我回到家中，一进门就发现情况异常，仿佛在准备搬家似的……果不其然，父亲奉命调到张家口一所军事院校去任教，母亲也随他去。我呢？父亲和母亲都丝毫没有犹豫地认为，我应当留在北京。问题在于：北京的这个家，要不要给我留下？如果说几间屋都留下太多，那么，为什么不至少为我留下一间呢？但父亲却把房屋全退了。母亲呢，思想感情和父亲完全一致，就是认为在这种情况下，我应当开始完全独立的生活。父亲迁离北京后的那周的星期六下午，我忽然意识到我在北京除了集体宿舍的那张床铺铺位，再没有可以称为家的地方了！我爬上去，躺到那铺位上，呆呆地望着天花板上的一块污渍，没有流泪，却有一种透彻肺腑的痛苦，难以言说，也无人可诉。

1969年春天，我在北京一所中学任教。就是那个春天，我棉被的被套糟朽不堪了，那是母亲将我放飞时，亲手给我缝制的被子。它在为我忠实地服务了几年后，终于到了必须更换的极限。于是我给在张家口的母亲写信要一床被套，这对于我来说是自然到极点的事。母亲很快寄来了一床新被套，但同时我也就接到母亲的信，她那信上有几句话我觉得极为刺心："被套也还得向我要，好吧，这一回学雷锋，做好事，给你寄上一床……"睡在换上母亲所寄来的新被套里，我有一种悲凉感：母亲给儿子寄被套，怎么成了"学雷锋，做好事"，仿佛是"义务劳动"呢？现在我才醒悟，母亲那是很认真很严肃的话，就是告诉我，既已将我放飞，像换被套这类的事，就应自己设法解决。她是在提醒我，"自己的事要尽量自己独立解决"。母亲将我放飞以后，我离她那双给过我无数次爱抚的手，是越来越远了，但她所给予我的种种人生启示，竟然直到今天，仍然能从细小处，挖掘出珍贵的宝藏来……谁言寸草心，报得三春晖！

远去了，母亲放飞的手。归来兮，母亲施与的爱。泰戈尔诗言：天空中没有飞鸟的痕迹，而我却已飞翔过。母爱无形、无声、无色、无味，却绵长而悠远，深厚又博大。

一般情况，在家庭中，父亲肩挑天下，母亲勤劳持家。父亲留给子女的印象是高大、力量、成就斐然的形象，而母亲则是温柔、唠叨、事事关心的角色。也许可以追溯到中国传统里面去，母亲这种特殊的女性形象，历来都秉承着"内助"的家庭职业分工。既然有"助"字，自然就不是"主子"。然而，时至现在，母亲却成为离成长最近的一方，她的教子、育女是否有方，决定着一个家庭的未来走向。如果说孩子是一只风筝，选择在哪片天空飞翔多数出自父亲旨意，但是，"风向"、"转弯度"以及何时放线，适时放手的"火候"则由母亲统管。众所周知，燕雀与鸿鹄都可以自由搏击长空，但是，如果飞翔无度，羁绊连天则容易栽跟头，遇到高山险阻或者一张捕网则可以变为致命的飞翔。

翅膀不硬，继续练翅；可以自由，为何羁绊！在母爱的天空里，远去的是母亲放飞的手，归来的是母亲施与的爱，这种爱的法则亘古不变。　　　　（刘英俊）

不久的将来，在我迎来人生的春华秋实、花芳果香的丰收年景时，第一杯酒应当敬给您——我可怜、可敬而又可爱的爸爸！

绝　　唱

◆王克伟

爸爸：

今天，是我走进清华大学的第一天。今晚，是我在新生宿舍楼将要度过的第一个夜晚。趁着同学们还没有来报到,我要在今晚把积压在心头多年的夙愿向您袒露。

爸爸,在我们这个贫寒的家里,您是最苦最苦的一个。由于妈妈痴呆,在我和妹妹出生之后,您只得又当爹又当娘,里里外外全靠您一人张罗。家里的8亩责任田靠您一个人收种,我和妹妹及妈妈的生活都要由您料理,我们兄妹俩的学费靠您挤牙缝供给。在我13岁那年,您病倒了,病得很重很重。您本来就有严重的类风湿病,加上几天高烧不退,您整个人好像一下子垮了。一连好几天,您昏昏欲睡,不吃不喝,嘴里反复说着一句话:"小伟,我不行了,你就是挨门讨饭,也不能停学,不然,爸爸死了也合不上眼呀!"第二天,有人问我:"你爸爸还说胡话吗?"当时我虽嘴上没说什么,心里却陡生几分气恼,我在心里说:"谁说我爸爸说的是胡话,他在病危的时候还不忘我的学习,他是天底下最明事理的爸爸。"

有好几次,乡邻劝您说:"乡下学校出不了状元,让两个孩子上几年学,会记个账就行了。看你家这个样子,就让两个孩子早点儿帮你干点儿活吧!"每当这时,您便显得异常严肃,您回答说:"谁说乡里中学出不了状元,毛主席还是在山沟里读的书呢。"无疑,您的话换来的只有嘲笑和讽刺。我曾亲耳听人说您是"癞蛤蟆鼓肚皮,想充牛皮大鼓"。自从听了这话,我就暗暗下决心:一定让穷乡村的中学里出个状元,让我可怜的爸爸舒心地笑一次!

于是,我面壁苦读,不论大考小考总是全年级第一。在初三那年,我满怀信心地报名参加了全国中学生数学竞赛。为了凑够到武汉参加短期培训班的路费和辅导费,您拉着我的手,挨家挨户叫门,用颤颤的声音求告:"您行行好,借给孩子几块钱的路费,您的大恩大德我们永世不忘!"可是,您谦恭的笑脸迎来的不是婉转的拒绝便是冷言冷语的抢白。一次,我记得在一户人家门前站了好久,人家才从屋里出来,您刚开口说话,对方就毫不留情地说:"我说老王呀,你也太宠这孩子了,由着他折腾吧,你见过几个傻子生的孩子能得上奖?"说罢,又把我"教训"一番:"你这孩子,你家穷成这样,你还在这里折腾,搞什么竞赛,真不懂事!"听了对方的话,我的眼泪像断线的珠子落下来,擦也擦不干。这一个下午,我们跑了十多户才勉强借到20元钱。回到家里,望着双手抱头苦苦思索的您,我心如刀绞,我说:"爸爸,我不想再参加竞赛了。"不料,这时您猛地抬起头来,瞪大眼睛训我道:"没出息,这两句话就受不了啦?人家韩信是大将军,还受过胯下之辱呢,咱这村借不来,我明天上外村借去。"第二天,您怀里揣上两个馍,独自出发了。这一天您一连跑了3个村,才借来60元钱。第三天,您又悄无声息地上路了,为了凑够这200元的费用,您早出晚归,整整奔波了一星期!当您把这200元放到我手里时,我再也忍不住了,一头扑在您怀里,哭着说:"爸爸,要是这次竞赛得不上奖,你罚我跪三天!"您却笑了,摸着我的头说:"傻孩子,得不上奖,爸不怪你,只要你有这个志气就好。"听了您的这番话,我感动得心里颤颤的,一股抑制不住的自豪感涌上心头:我有一个天底下最好的爸爸!正因为有这样一个意志坚强而又深明事理的爸爸,我比那些中途辍学的学生幸运百倍!

两个月后,我得了全国数学竞赛一等奖,被国家教委选拔到北京理科实验班重点培养。当我把这个消息告诉您的时候,您先是高兴地哭了,接着又笑了,再接着就是长时间地发呆。我知道,您又为我上学的费用愁上了。因为去北京,又要花钱,可我们家当时连3块钱也拿不出来了!为此,您愁得几天几夜吃不下,睡不着,全家人都陪着您犯愁。忽然有一天早上,您高兴地把我从梦中晃醒,两眼透出孩子般的欣喜:"小伟,爸爸有办法了,我小时候跟人学过二胡,还学过几个古戏的段子,我到大城市卖唱去!"

从此,您走上了卖唱之路。1996年8月,我带着您卖唱挣来的100元钱踏上了去北京的路。

到了北京,班主任考虑到咱家的困难,把我的学费、书费和被褥费全免了,除此之外,又对我"格外开恩",让我每顿花一块钱随便吃。尽管如此,这种无法再降的伙食开支,家里依然付不起。初到北京的两个月,我与您完全失去了联系,后来从小妹的来信中才知道,您把我送到学校,便到南方卖唱了。在第三个月,我接到了您寄来的150元钱。捏着那张汇款单,我哭了。透过模糊的泪眼,我似乎望见了您在寒风料峭的街头卖唱,似乎望见您赔着笑脸拉二胡,又把那一堆硬币换成大票给我寄来。我把那张汇款单贴在面颊上,心中像打翻了五味瓶。我在心中一遍遍地呼唤着:"爸爸,出门流浪苦上加苦,您要多保重啊!"

我在理科实验班提前一年学完了高中的课程,便被免试送到清华大学化学系学习。暑假回来,我把这个消息告诉您的时候,您又一次开颜微笑了,您心地实在,有点儿木讷,从不会用恰当的语言表达自己的愁苦悲乐,只有您的儿子最清楚,您这次的笑,是最开心的笑。

前天，当我挎着书包离开家门的时候，我是多么希望您能出现在我的面前啊，然而，您当时还在广州街头卖唱！我只好含着眼泪，面向广州向您深深地鞠了三个躬。儿子实现了当初对您的许诺，走进了全国最高学府，然而，儿子深深地懂得，"清华"与"成才"之间是不能画等号的。清华可以传授给我们知识，却不能保证我们一定成才。要成才还得靠个人的奋斗和努力。在这里，儿子没有必要再向您许诺什么保证什么，爸爸，您的儿子从小就是个不怜惜汗水的人，我会在这块土地上下大力气耕作的。不久的将来，在我迎来人生的春华秋实、花芳果香的丰收年景时，第一杯酒应当敬给您——我可怜、可敬而又可爱的爸爸！

儿子小伟　敬上

感恩提示

家书抵万金。在古时的战场上，家书的分量抵万金，值连城。"战场"穿越时空，改变场所。在一场与贫困、苦难相斗争，争取获取成才坦途的"战斗"中，这样一封家书同样带来了精神上的无穷财富与不竭动力。相信在广州人潮汹涌、富商大贾遍地的街头，那个拉着二胡的父亲会因这封信一边流泪一边歌唱，但一切辛酸最终却化作自豪，从而傲视一切繁华与富贵。因为，彼时，他会因为这封信而强大起来，饱满起来。

写出了这封家书，心中也掏出了多年的悲伤。此时，内心没有了百感交集，只有澄澈一片。这种神清气爽的轻松时刻是人生经过一场涅■时的极致表现，同样也是万金难得，连城不易的财富。父亲卖唱的声音也许儿子不会现场感知，父亲也不会给儿子留出这个机会。所以，这种街头音乐成了绝响，每一个音符都闪耀着父爱的光辉。

作为沐浴此种光辉的儿子，不仅有了知识层面的出类拔萃，更有人生规划的清醒自知。"清华可以传授给我们知识，却不能保证我们一定成才。"这是一句多么清醒而智慧的话啊。也许父亲不会理解，但父亲一定会认为越不理解，儿子的出息就越大，事实也一定会这样。

（陈　雄）

第二辑　用你爱我的方式去爱你

"人心是块田,种什么,长什么。"母亲正在自留地里不紧不慢地施着肥,讲这句话时她仿佛看穿了我的心事。

人心是块田

◆徐学平

"人心是块田,种什么,长什么。"这是母亲时常挂在嘴边的一句话。母亲是个地地道道的农民,识字不多。说实在的,在田间劳作了大半辈子的她讲不出什么大道理,然而,这句天底下最朴实的话却足以让儿女终生受用。

那年,我大学毕业后被分配到一家国营流通企业。初涉尘世,对未来充满憧憬的我感觉一切都是那般美好,于是,我善待着身边的每一个人,脏活累活抢着干。但好景不长,也许是新人的缘故吧,我发觉自己竟成了大伙排挤的对象。那次,我是怀着茫然若失的心情回到乡下的。"人心是块田,种什么,长什么。"母亲正在自留地里不紧不慢地施着肥,讲这句话时她仿佛看穿了我的心事。增加心田的养分吧,多想想别人对你的点滴相助,多想想别人给你的每一张笑脸……心田需要这些养分的滋润。

4月的田野散发出麦苗的清香,微风如温暖的手轻轻地拨开了我心头的阴霾。

此后,我一如既往地工作着,用一颗平和的心面对着周围发生的一切。渐渐地,大家因为我的宽容接纳了我。同时,我也因出色的工作得到了企业领导的赏识并被提拔为一个部门的经理。

在那个"回扣"风气日盛的年月里,作为部门经理的我自然也无法抵制诱惑。有一天,我以相对较低的价格卖出了一批钢材,客户拿到开好的调拨单后便心领神会地塞给了我一个大"信封"。我美滋滋地回到了老家,还特地为父母亲捎回了营养品。母亲知道这一切的时候，她什么也没说，只是叫我陪她一起下地去锄草。烈日下的母亲挥汗如雨，她又告诉我人心是块田，种什么，长什么，沃土里既能长出庄稼也会长出杂草。欲望的种子往往在不经意间随风飘落，一旦扎根于你的心田，它将会长出浮躁的叶，开出虚荣的花，结出贪婪的果。那一刻，我深深体会到了母亲的良苦用心。回城后我连忙退还了我的不法收入，也正因为如此我才在以后的查处中幸免于难，说来还真的要感激我的母亲了。

人心是块田，种什么，长什么。在今天这个喧哗扰攘的世界中，你可能无力扭转世风，但你至少可以呵护自己心中那块绿地，少一点儿冷漠，少一点儿欲望，心田的土地应该是松软的、潮湿的……

人心是一块田，而母亲却是田里的锄头。母亲的心又是一面镜子，能够照得出心田里的一切杂草。母亲与儿子站在两个不同的位置，所以儿子内心是否有杂草都在镜子里照着呢。当母亲发现异常之后，立即进行清除，以让这片庄稼长势喜人。

母亲的名言支持着她的行动，这比任何一个哲学家与伟人所说的话更能让人受益。母亲不会做惊天动地的大事，她当然不会经历什么轰轰烈烈的大场面，所以她只从自身去做，只守护住内心这片方寸之地。事实上，母亲确实是做了，她也许不会明白，掌握住了内心的动静，在内心种植了清白也就赢取了世界的赞同。内心是一个行动杠杆的支点，有了这个支点和长效的杠杆就能撬动整个地球。

人心是一块田，母亲一直在耕耘着自己，耕耘着"儿子"。她不会将锄头放下，她不会在乎烈日有多毒，她深深地明白，其实社会的浸染也许毒过烈日的炙烤。让人不得不思考的是，如果每个人都是自己心灵的锄头，那么母亲则会减轻多少压力，舒展多少微笑呢？

所以，人心是一块田园，我们要感谢母亲，做自己的锄头。

(刘英俊)

深爱母亲的父亲,一样爱他的儿女们。他用他的箴言,表达了他的爱。

三 句 话

◆吴忠溪

父亲一生有三句话,令我永生难忘。

父亲的第一句话是:"你看这件事怎么样?"

父亲一向是说一不二的,包括母亲也别想改变。母亲爱父亲,又有点儿怕父亲。虽然父亲当年只有每月18元人民币的微薄工资,但在母亲心目中,父亲是她的支柱和偶像。这造就了父亲的独断专行,但也树立了父亲不可撼动的威信。我家六个兄弟姐妹,母亲病逝时,大姐、二姐已经出嫁,大哥、二哥在外工作,弟弟到外地读书,我在本镇读高中,家中,只有我和父亲两个男人相伴。我家有一块宅基地,有人想买。那一天晚上,我们两个男人吃着晚饭,父亲突然问我:"我想把那块地卖了,你看这件事怎么样?"我来不及咽下嘴里的饭,呆呆地望着父亲。父亲的眼神是诚恳的,我可以读懂。也许,说一不二的父亲感到了无助,但我相信,在他心中,他第一次感觉到,他的儿子已经是大人了。

父亲的第二句话是:"我们不要和别人比吃的、比穿的,我们比不过他们,我们就和别人比学习、比工作。"

父亲只有18元的工资,无奈的父亲只能保住四个儿子的学业,两个姐姐没有进过一天学堂。父亲从工作到病退回家前后共15年,有14年没有回家过春节,为的是能拿到春节值班补贴和一件棉大衣。

父亲说,每年的春节和暑假,是他最难过的日子。因为他有四个儿子要缴学费。

所幸的是,我们四个兄弟没有辜负父亲,我们都完成了父亲"鲤鱼跳龙门"这一最朴素的愿望。

我们兄弟四个每个人要出门读大学的前一天晚上,父亲都会帮助我们收拾简单的行李。

他对我们每个人都是这样说的:"到学校里读书,我们不要和别人比吃的、比穿的,我们比不过他们。我们就和别人比学习、比工作。去睡吧,明天还要早起呢。"父亲的这句话伴随我们各自的4年大学生活。我们的大学生活可以说是简朴甚至是简陋的,但我们都是以优秀毕业生的身份毕业的。

父亲的第三句话是:"以后我如果生病了,我会很快走的。不会拖累你们兄弟。"

母亲生病了。父亲不得不请长假照顾生病的母亲。我不知道,在家从来不做家务的父亲,从来都是说一不二的父亲,那几年是怎样弯下腰来,学会做所有的家务的。他要陪母亲说话以减轻她的病痛,他要照顾母亲的起居生活,他要兼顾家里的自留地,后来他甚至学会了给母亲打针。母亲痛得厉害,又不能老打止痛针,就大骂父亲。3年,整整3年,威严的父亲"逆来顺受"了。然而父亲终究没能留住母亲。母亲走的那一天,父亲一滴眼泪也没掉。只是到了第二个星期六,我从学校回来,看着母亲住过的房间,号啕大哭。父亲坐在门槛上,泪眼滂沱。那天,他对我说:"以后我如果生病了,我会很快走的,不会拖累你们兄弟。"

退休以后,多病的父亲守着老家的三间老屋和一盏孤灯,不肯到城里和我们一起生活。那天下午,堂弟打来电话,说父亲感冒住院了,要我们回去看看。第二天傍晚,父亲从容离我们而去。深爱母亲的父亲,一样爱他的儿女们。他用他的箴言,表达了他的爱。

父亲那简单而淳朴的三句话,如同三个烙印深深地印在了"我"的心坎里。其实,那三句话就是父亲人格、品性的鲜明昭示。第一句话,向我们展示了一个清苦父亲的无助,他也需要孩子们的搀扶,需要孩子们的帮助;第二句话,使我们明白了一个贫苦父亲的自尊,他用行动鼓励着他的孩子们;第三句话,让我们分明感觉到一个无奈父亲的最后誓言,他似乎已经忘记了养儿子的目的,所

谓养儿防老。在他的心里，似乎只有他的那些孩子，温暖而脆弱的心里已经再也装不下任何东西了。

同样也是这三句话，陪伴着孩子们走完了人生中凄苦的岁月，那简短而又令人深思的话，也是孩子们眼前的灯塔，一路为孩子们保驾护航，在人生的道路上勇往直前。三句话中没有一个"爱"的字眼，可我们却真切地感觉到了那汩汩的爱的热潮，那就是简单的、朴素的父爱，人世间最美好的东西。　　（陈　雄）

在女儿离家在外的那些日子里，父亲当然也替她担心。但他首先想到的是不要影响女儿日后的学习和生活，尽力维护着女儿在大家心目中的形象。

女儿出走

◆林　君

一个女孩负气离家出走，母亲看见她留下的字条，第一个念头就是去派出所报案。但这时电话响了，是孩子父亲打的。

父亲听了这件事，沉默半晌，说："不要闹得满城风雨，那孩子自尊心极强，等等吧。"

女孩业余爱好是上网，父亲虽然不知道她常去的网吧，但有她的一个电子邮箱，于是给她写了封信："我知道你生气藏起来了，我估计也找不到你，就让你安静地回味一下过去的快乐和苦恼。"

一天过去了，女孩没有回音。母亲很着急，所有的亲戚朋友家都问过了，没见到女儿。她又想给女儿同学打电话询问，被父亲拦住："不要让他们知道，孩子以后得上学，那时她面对老师和同学会成为'另类'。明天一早，你去学校撒个谎，帮孩子请一周病假。"

当晚，父亲又给女儿发了一封电子邮件："呵呵，我猜到了，你正在上网，对吗？注意啦，墙那边的屋子里正坐着老爸——我！不信，你去看看。"

夜里 11 点，女儿终于有了音讯，一封给父亲的伊妹儿："我们相隔万水千山，好自由的感觉，我要独自闯荡世界，像三毛那样浪漫地流浪四方！"母亲一看，眼泪当场冒出来。父亲却笑着说："这是曙光啊，说明孩子想我们了，否则，又何必说这些？"父亲当即复信："坚决支持你的伟大行动！我为有这么一个充满激情与幻想的女儿而骄傲！老爸年轻时是个诗人，多想像你今天这样走出去啊，但没有决心，太惭愧了……"

第二天上午，父亲的电子邮箱里静静地躺着一封信："老爸，不要惭愧，现在行动还来得及。但我想先创业，然后接你过来玩。"父亲赶紧回复道："你创业成功时，我也老喽，走不动喽！"

10 分钟后，女儿的回音来了："我初步预计，创业要十年，那时你 55 岁，还没退休呢！"父亲看了，故意不答复，等到午饭后才上网回信："不行啊，老爸今天淋雨了，全身难受，到 55 岁，身体可能更弱。你买伞了吗？"下午，接到女儿回信："不要紧，雨淋不着我，我不出门。"父亲阅后，对妻子说："好了，女儿现在很稳定，我推测她没出城，可能住在旅馆里。让她疯两天，一切自理，过不了多久，就会累得想家。"

晚上，女儿又来了封短信。这次父亲以妈妈的口吻回答她："孩子，你爸爸淋雨后全身难受，发高烧，住院去了。妈现在没时间跟你联系，得去医院陪护他。再见！"

果然不出所料，女儿在第二天的伊妹儿中关切地问："爸爸的病好些了吗？"父亲一笑，关上电脑，不予理睬。午饭时分，电话铃响了，父亲示意母亲接，说："告诉她，爸爸烧糊涂了，老是念叨女儿。说完就挂！"母亲照办。

傍晚，楼梯口传来熟悉的脚步声。父亲赶紧躺到床上，母亲按原定计划准备迎接女儿。"咚咚咚"，有人敲门。透过猫眼瞅，是女儿。母亲轻轻开了门，对女儿摆摆手："小声点儿，你爸在睡觉。"女儿一脸疲惫，放下包裹，蹑手蹑脚走进里屋，见爸爸安静地躺着，泪水"哗"地涌出来……事后，父亲说："孩子一个人在外边吃点儿苦是迟早的事，阻拦她只会适得其反，何不顺水推舟，让她去锻炼一回呢！"

那一刻，我虽竭力咬住嘴唇，泪水还是禁不住流了下来。这就是父母对子女的爱，宽厚、无私、贴心贴肉而又彻头彻尾——大爱无涯。

大爱无涯

◆马　德

父亲说，要不，你还是去县城看看吧。

话音刚落，便见父亲背着一大捆青草回来了。一斜身子，进了院门，一屁股坐在羊圈前的土台上。我忙跑过去给父亲解绳扣，父亲说，没事，我来吧。从草捆中抽出身来，父亲掏出一根纸烟，吧嗒吧嗒地抽起来。父亲说，也没啥丢人的，没考上就没考上，去看看到底考了多少分。

高考结束以来，我一直闷闷不乐的，也不愿出院门，整天整天待在家里。父母很替我着急，有几次听见母亲背着我在西厢房和父亲叨咕，这可咋办啊，别把小子给憋坏了。

那段时间父母小心翼翼,吃饭待我像客,谈话也极力回避高考的事。父亲一劝我到亲戚家转转,我就粗声粗气地一口回绝,他倒不计较,蹲在一旁默不做声。快大秋了,地里的油菜子成片成片地黄,父母也不敢叫我去割回来。每每他们下地干活时,母亲总说,小子,看着猪,别让它进了家。我知道,这是母亲给我台阶下——门堵得严严实实的,猪又怎能进去呢。

其实,那些天我一直在想,如果考不上,就去大同做工(姐夫在那里的建筑队)。而在内心深处,我又不情愿。

这日,父亲终于打破了这沉闷的局面,要我去县城看看。

第二天,父母摸黑爬起来张罗着给我做饭。我也要起,母亲说,睡一会儿吧,天还早呢。朦胧中,听到母亲对父亲说,把小子送到小坝子村,要送他上了车。父亲应了一声。路上多开导他,考不上也别让他瞎想。父亲又应了一声。

走的时候,父亲说我送你去。我说,这么大了,谁用你送。但父亲一再坚持,于是我远远地走在前边,父亲走在后边。父亲要和我说上一句话,非紧跑几步,等我沉闷地应声后,便又很快被我甩开了。

等车的工夫,父亲焦躁不安地往山那边张望,盼望山道上能尽快看到班车的影子。父亲问我热不,我说不热,可他还是固执地小跑着从附近农家给我舀出一瓢水来,车大概还来不了呢,先喝口水。我说你先喝吧,父亲说,我不渴不渴。等我咕咚咕咚喝个差不多了,父亲才一仰脖儿,把剩下的水喝光了。

车来了,父亲忙不迭地把我推上车。车上人多,我手抱栏杆直挺挺地站着。父亲在下面踮着脚急急地敲着车窗:找个地方坐,找个地方坐。我没答理他。等到汽车轰轰启动后,我突然发现父亲卖力地挥着他手中的旧帽子,边追边喊,考上考不上也赶紧回来,别瞎想啊——我一闭眼,泪水便淌了出来。

到县城后,我没敢去学校,看到几个同学,他们没有提到我的事,心下便明白了八九分。随后,我就到要好的同学家玩去了。一天在街上我偶遇一个同学,他突然有点诧异地说,你怎么在这里,你爹到学校找了你好几趟了。

我心里猛地一惊,当天从同学家赶往县城,又跑到学校,班主任说,你爹找你好几趟了,急得不行。那我爹呢?他回去了!班主任显然有些迁怒于我。

我坐上车火烧火燎地往家赶。在小坝子村下了车后,到家还有 8 里路,我甩开腿一边走一边猜想着家里的情形。转过一个山梁时,突然看见山路上有两

个人影急急地往这边赶,等稍微走近些,方看清楚是父亲,我赶紧跑了过去。母亲可能也看到了我,突然就僵僵地呆立在原地不动了。我走过去,母亲啜泣着,泪水一颗一颗地落在褂子的前襟上。一旁的父亲也忸怩不安,嘴里不停磨叨着,小子都回来了,你还哭啥呢,哭啥呢。

原来母亲正打算和父亲一块到县城去找我。

回去后,母亲把锁好的门一道一道打开,从米柜里舀了几碗上好的黍米,今天中午咱们吃糕,说完便在锅里咣当咣当地淘米。末了,他们去碾道推碾子,我要跟了去,母亲说,你先歇着,有我和你爹就行了。父亲也附和,你歇歇,房梁间别着几本古书,拿下来,躺着看一会儿吧。

随后几天,我跟着父母下地割草,拣菜子,开始有说有笑的了,父母的眉头也舒展了许多。其实他们不知道,我已打定主意到建筑队去干小工了。

父亲那几天常常出门,问母亲,说是去了亲戚家,有时一走两三天。我也没理会,只是耐心地等待姐夫回来,然后让他领我去大同打工。

突然一天,家里来了几个同学,一顿饭吃过后,同学们邀我一块回去复读。我把打工的想法讲出来,他们纷纷说我傻,随后分析了许多我学习上存在的优势。在我家住下后,他们又劝了我整整一个晚上,我便有些回心转意。第三天,母亲从炕柜里拿出300块钱交给我——我去复读了。

一年之后,我考上师范。几个同学才讲了一年前的事。原来,父亲借口去亲戚家,却是风尘仆仆地到周边各个村找他们,劝我回去复读。“当时你爹一再叮嘱我们,不要把他找我们的事告诉你。”

那一刻,我虽竭力咬住嘴唇,泪水还是禁不住流了下来。这就是父母对子女的爱,宽厚、无私、贴心贴肉而又彻头彻尾——大爱无涯。

感恩提示

坚强的人对挫折总是轻描淡写,因为其不怕面对自己的失败;脆弱的人言失败总是谈虎色变,因为其太怕面对生活的厄运。其实,人与世界的永恒画面是:征服与被征服。只要我们敢于直面现实直面人生,就没有什么可以打败我们的。快乐的生活就是每天做一件事,不要为明天而忧虑,自己不曾拥有,就快乐地欣赏别人的拥有,不让日子沦于暗淡,不让心绪陷于灰颓,这,是我们一生都需要努力去做的功课。父亲就是这样一位实践者,他只相信付出总有回报,因此,对于高考失利的孩子,他更多的是帮助他恢复自信,帮助他走出失败的阴影,迎接新的挑战。无涯的大爱就是这样的,于无声处,润物细无声!

(邵孤城)

把爱搂进怀里

有孩子在身旁的日子里,父母总是快乐的,父母总是不辞辛苦地忙这忙那。为了孩子, 他们无私地献出了自己全部的爱。看着孩子慢慢地长大成人,父母的心里也默默地流淌着一股温馨与欣喜。而父母老了,好像是一转眼的事,可他们也不会刻意奢求什么,孩子能够长大成人便成了他们最大的欣慰。

当你在读这些文字的时候，或许我正在旁边看你呢！我在对你笑，并将一直鼓励你。

我在对你笑

◆[美]阿瑟·阿什

一代网球明星阿瑟·阿什因输血而受到病毒感染，离开了他的亲人、朋友、球迷，然而人们不会忘记他是如何呼吁抑制艾滋病的。下面是阿什临死前给7岁的女儿卡米拉留下的一封信：

亲爱的卡米拉：

当你读到这封信的时候，我或许早已不能与你交谈了，我对你来说已成为了回忆，我希望我写的这封信能使你的回忆永不消逝，我盼望我能成为你生命中的一部分。

婚姻可能是你生命中将作的第二个重大的诀择，最重大的诀择将是决定是否要个小孩。当今世界，有一小半的婚姻已离婚告终，这也意味着你必须极其慎重地选择你的丈夫。父母双全的家庭对孩子的成长是极为有益的，假如你像当今许多女性那样有一个非婚生孩子这将令我万分遗憾。我祝福你婚姻美满，就像你妈和我那样。

现在的夫妇往往因为鸡毛蒜皮的小事就闹离婚，在我和你妈结婚的那个晚上，我们的一位老朋友给了我们几点忠告，其中一条是：婚姻中最重要的是能相互给予，这需要勇气，但它是通往幸福之门的钥匙，不能相互给予的夫妇是不能维系长久婚姻的。

你还必须学会如何在这个社会中生存，做到感觉良好。当我满世界跑,进行巡回比赛时,我发现,与不同类型的人保持亲密的友谊不仅是可能的而且还能极大地丰富自己的生活阅历。简而言之,与人交往价值不菲,不要限制自己,也不要允许别人限制你。我希望你有勇气与各种人建立友谊。

卡米拉,要注意你的身体。你母亲每天锻炼1小时,我也鼓励她这么做。我希望你将来至少能掌握两项体育运动,体育运动的迷人之处在于它会在某些时候给你慰藉和快乐,通过体育你会更了解自己,了解你的情感和性格,并锻炼你的坚强毅力,学会如何从失败走向胜利。

在你成人的道路上,你将会首先尝试成人的事,诸如驾车、熬夜、喝酒、吸毒和性。作为你的父亲,我特别担心的是酒、性和毒品,那些被酒和毒品毁掉前程的人我见得多了。在我们这个家族,嗜酒者不少,他们为此痛苦了一辈子。性乃上帝的礼物,但在性方面不要过于轻率,不要被人诱惑,遭人抛弃、遗忘,像许多可怜的女人那样。

卡米拉,我的人生很匆忙,你将来也会发现人生匆匆。当今世界新技术、新信息层出不穷,你常会感到时间不够用,要抓紧时间,充分利用时间,但不要将自己置于时间的控制之下,总之要保持生命的平衡。

别生我的气,尤其在你需要我而我无法在你身边的时候。我最爱陪伴你了。当我不在人世的时候,不要悲哀。我将始终爱着你,你给了我许多快乐,我却不能给你更多的爱。

卡米拉,当你在读这些文字的时候,或许我正在旁边看你呢!我在对你笑,并将一直鼓励你。

永远爱你的爸爸

生命无常,身为一代网球明星的阿瑟·阿什虽然声名显赫,风光无限,但却不幸地因意外染上病毒而不得不离开人间,离开他年仅7岁的心爱的女儿。人生最悲痛的事莫过于此! 然而,品读阿什临死前写给女儿卡米拉的信,我们却

看不到他对于自身不幸的纠缠和对于命运不公的抱怨，全文展现的，都是他对女儿的嘱托与祝福，字里行间洋溢着的，都是一个父亲对于女儿的依依不舍和殷殷期待！

平时，我们听惯了父母的唠叨，有时候甚至可能会觉得厌烦，然而，如果你能换个角度想一想，同那些失去父母的孩子相比，我们还能享受到父母饱含爱意的叮咛，这又何尝不是一种幸福呢？

实际上，天下所有的父母都是爱孩子的。即便有的父母已经离去，也一定会像天使一般守护在孩子身边，微笑地看着孩子成长。而我们的健康、快乐、幸福，就是对父母亲最好的回报！

（田　野）

事实上，不是这样的，母亲犹如一棵老了的树，在不知不觉中，它掉叶了，它光秃秃了，连轻如羽毛的阳光，它也扛不住了。

爱 到 无 力

◆丁立梅

母亲踅进厨房有好大一会儿了。

我们兄妹几个坐在屋前晒太阳，等着开午饭，一边悠闲地说着话。这是每年的惯例。春节期间，兄妹几个约好了日子，从各自的小家出发，回到母亲身边来拜年。母亲总是高兴地给我们忙这忙那。这个喜欢吃蔬菜，那个喜欢吃鱼，这个爱吃糯米糕，那个好辣，母亲都记着。端上来的菜，投了人人的喜好。临了，母亲还给离家最远的我，备上好多好吃的带上。这个袋子里装青菜菠菜，那个袋子里装年糕肉丸子。姐姐戏称我每次回家，都是鬼子进村，大扫荡了。的确有点儿像，母亲恨不得把她自己，也塞到袋子里，让我带回城，好事无巨细地把我照顾好。

这次回家，母亲也是高兴的，围在我们身边转半天，看着这个笑，看着那个笑。我们的孩子,一齐叫她外婆,她不知怎么应答才好。摸摸这个的手,抚抚那个的脸。这是多么灿烂热闹的场景啊,它把一切的困厄苦痛,全都掩藏得不见影踪。母亲的笑,便一直挂在脸上,像窗花贴在窗上。母亲突然想起什么似的说,我要到地里挑青菜了。却因找一把小锹,屋里屋外乱转了一通,最后在窗台边找到它。姐姐说,妈老了。

妈真的老了吗?我们顺着姐姐的目光,一齐看过去。母亲在阳光下发愣,母亲说,我要做什么的?哦,挑青菜呢,母亲自言自语。背影看起来,真小啊,小得像一枚皱褶的核桃。

厨房里,动静不像往年大,有些静悄悄。母亲在切芋头,切几刀,停一下,仿佛被什么绊住了思绪。她抬头愣愣看着一处,复又低头切起来。我跳进厨房要帮忙,母亲慌了,拦住,连连说,快出去,别弄脏你的衣裳。我看看身上,银色外套,银色毛领子,的确是不禁脏的。

我继续坐到屋前晒太阳。阳光无限好,仿佛还是昔日的模样,温暖,无忧。却又不同了,因为我们都不是昔日的那一个了,一些现实无法回避:祖父卧床不起已好些时日,大小便失禁,床前照料之人,只有母亲。大冬天里,母亲双手浸在冰冷的河水里,给祖父洗弄脏的被褥。姐姐的孩子,好好的突然患了眼疾,视力急剧下降,去医院检查,竟是严重的青光眼。母亲愁得夜不成眠,逢人便问,孩子没了眼睛咋办呢?都快问成祥林嫂了。弟弟婚姻破裂,一个人形只影单地晃来晃去,母亲当着人面落泪不止,她不知道拿她这个儿子怎么办。母亲自己,也是多病多难的,贫血,多眩晕。手有严重的风湿性关节炎,疼痛,指头已伸不直了。家里家外,却少不了她那双手的操劳。

我再进厨房,钟已敲过十二点了。太阳当头照,我的孩子嚷饿,我去看饭熟了没。母亲竟还在切芋头,旁边的篮子里,晾着洗好的青菜。锅灶却是冷的。母亲昔日的利落,已消失殆尽。看到我,她恍然惊醒过来,异常歉意地说,乖乖,饿了吧?饭就快好了。这一说,差点儿把我的泪说出来。我说,妈,还是我来吧。我麻利地清洗锅盆,炒菜烧汤煮饭,母亲在一边看着,没再阻拦。

回城的时候,我第一次没大包小包地往回带东西,连一片菜叶子也没带。母亲内疚得无以复加,她的脸,贴着我的车窗,反反复复地说,乖乖,让你空着手啊,让你空着手啊。我背过脸去,我说,妈,城里什么都有的。我怕我的泪,会抑制不住掉下来。以前我总以为,青山青,绿水长,我的母亲,永远是母亲,永远有着饱满的爱,供我们吮吸。而事实上,不是这样的,母亲犹如一棵老了的树,在不知不觉中,它掉叶了,它光秃秃了,连轻如羽毛的阳光,它也扛不住了。

我的母亲,终于爱到无力。

感恩提示

一个女人,自从有了孩子,她就被赋予了一个神圣的身份:母亲;自从她的孩子出生,她就开始了一生马不停蹄的操劳。儿女在母亲无微不至的关爱和照料下,渐渐地羽翼丰满,长大成人,而在这个同时,母亲自己也渐渐地老去。就像《爱到无力》中的母亲,尽管她很想像从前那样手脚麻利地为儿孙们做一顿好菜,但她的双手早已不再那么灵活,她已经没有力量付出自己的爱!

我们常常说,母亲的爱如大海,永远不会枯竭,殊不知,岁月不饶人,母亲也有老去的那一天!我们常常想,等自己有能力的时候,一定好好报答母亲的恩情,殊不知,生命本身有不堪一击的脆弱,母亲不会一直在原地等你!

天下的儿女们,母亲终会老去,爱母亲,就要趁母亲还健在的时候及时尽孝,不要留下"子欲养而亲不待"的遗憾。

(田 野)

醇浓的亲情使我的心不再坚硬如铁。泪水很快就蒙住了我的双眼,我也跪了下来,跪在了父亲面前。

父亲嘴里的渔钩

◆顾振威

大学期间,薛松从来不吃鱼肉,这一直是我们的未解之谜。

我们问,嫌鱼腥?薛松摇了摇头。

又问,嫌鱼有刺?薛松还是摇了摇头。

我们就对薛松做耐心细致的思想工作。说鱼肉营养丰富,味道鲜美,外国好多人长寿就与他们多吃鱼肉多吃醋有关。尽管我们苦口婆心地教育,但薛松对色香味俱佳的鱼肉还是视而不见。

弹指间流逝四年岁月。毕业聚会,我们流了太多太多的难分难舍的泪,说了太多太多的暖人肺腑的话。今日一别各西东,不知何年何月才能相见,我们都毫无保留地敞开了心扉。

薛松颤着声告诉我们:上中学的时候,我像是匹桀骜不驯的野马,把父母老师的话当成耳旁风,把学校当成想来就来、想走就走的商店。顶撞老师是小菜一碟,打架骂人是家常便饭。为了使我走上正路,父亲饱含热泪恳求过,苦口婆心劝告过,声色俱厉恫吓过,义愤填膺打骂过,但这些都不起一丝一毫的作用。后来,我迷上了钓鱼。认为池塘边一坐,十多分钟就会有惊喜拽上岸,这要比书本上那些枯燥无味的知识有趣多了。学校后面就有个池塘,我每天都扛着渔竿去钓鱼,学校是一分钟也不想进了。

这天,我刚走出大门,父亲就追上来拽着我扛的渔竿不松手。我用力一拉,父亲倒在了地上。他老人家哽咽着说:"松,我求你了,去学校读书吧。你不答应,我就跪在你面前不起来。"我高昂着头望着蓝蓝的白云天,丝毫不为所动。"去钓了",父亲气愤地说,"岁数,爹比鱼大;论体重,爹比鱼重。你要钓就钓我吧。"父亲说着就将渔钩挂在他的嘴唇上,鲜红的血流了出来。

父亲可怜巴巴地跪在地上,是那样的凄苦无助。他才五十多岁,脸上却是沟壑纵横,半白的头发凌乱在头上。为了这个捉襟见肘的家,为了不思进取的我,父亲真是操碎了心。

醇浓的亲情使我的心不再坚硬如铁。泪水很快就蒙住了我的双眼,我也跪了下来,跪在了父亲面前。父亲笑了,尽管脸上热泪纵横。他忍痛拔掉嘴里的渔钩,点点滴滴的血砸在地上,也砸在我心里。此后,我见了鱼肉就会不由自主地想起父亲嘴里的渔钩,心中就会充满痛苦、不安和愧疚。

"父亲太伟大了",我拍着薛松的肩膀说,"参加工作后,你要好好地孝敬他老人家啊。"

薛松哭了,泪水狼藉满脸,哽咽道:"是想好好地孝敬他老人家,可我到天堂里去孝敬吗?父亲坟前的柳树,已经有胳膊粗了啊!"

中国有句老话："症须使猛药医。"在这个故事中，为了规劝顽劣的儿子走上正路，回学校读书，父亲在饱含热泪恳求、苦口婆心劝告、声色俱厉恫吓、义愤填膺打骂等方式都起不到一丝作用的情况下，情急之中，竟然生生地将渔钩挂在自己的嘴唇上，甘愿给儿子充当一条鱼！父亲的手段尽管有些残忍，但无疑是一剂促人警醒的猛药，唤醒了儿子心灵深处的不安与良知，终于使儿子迷途知返，改过自新！

长大之后的儿子为啥从来不吃鱼肉？因为"见了鱼肉就会不由自主地想起父亲嘴里的渔钩，心中就会充满痛苦、不安和愧疚"，此时，我们能够理解儿子内心的悔恨和对父亲的感激，也能够理解父亲的异常举动背后所潜藏的拳拳真情和用心良苦——那渔钩上面挂着的，乃是父亲沉甸甸的爱啊！

令人遗憾的是，当故事中的儿子想要报答父亲的恩情时，父亲已经不在人世。那么，生活中的我们，为什么不趁着父母还好好活着的时候，仔仔细细地体味父母的深情，认认真真地孝顺父母呢？这才是回报父母的最好方式！

（田　野）

我告诉父亲："生命不在长短，要看质量，我得到太多太多来自您和妈妈给的爱了，就是现在离开这个世界，我也会很幸福地离开……"

摔碎的心

◆冰雪女孩

灾难，在我未出生的时候就已经开始了。

我出生的时候就与众不同,苍白的脸色和淡淡蓝色的眉毛让一些亲朋纷纷劝慰我的父母,将我遗弃或者送人,但我的父母却坚定着我是他们的骨肉,是他们的宝贝的信念,用丝毫不逊色的爱呵护着我,疼爱着我。

我5岁大的时候,深藏在我身体内的病魔终于狰狞着扑向我,扑向我的父母。在一场突然而至的将近40度的高烧中,我呼吸困难、手脚抽搐,经医生的极力抢救,虽然脱险了,但也被确诊患有一种医学上称之为"法乐氏四联症"的先天性心脏病,这是目前世界上病情最复杂、危险程度最高、随时都可能停止呼吸和心脏跳动的顽症。

我在父母的带领下开始了国内各大医院的求医问诊,开始了整日鼻孔插导管的生活。我的父母仿佛一下都苍老了许多,但他们丝毫没有向病魔低头,他们执拗地相信奇迹会在我身上发生。很快,家里能够变卖的都变卖了。小时候的我很天真,问母亲,为什么我的鼻子里总要插着管子。母亲告诉我,因为我得了很怪的感冒病,很快就会好的。

就这样,到了上学的年龄,我的"感冒"依然没有好,但父亲依然将我送进了学校。我喜欢那里,那里有很多的小伙伴,还有许多的故事和童话,最重要的是,那里没有医院的味道。

因为身体虚弱,坐的时间稍久,我的胸口就会闷得十分难受,我只好蹲在座位上听课、看书、写作业……偶尔在课堂上发病,我就用一只手拼命地去掐另一只胳膊,好不让自己因为痛苦而发出喊叫,我要做一个强者。尽管我常常会昏厥在课堂上,但临近小学毕业的时候,我家的墙壁上已经挂满了我获得的各种奖状。

16岁那年的暑假,我又一次住进了北京的一家医院,我终于从病历卡上知道了自己患的是一种几近绝症的病。

死亡的恐惧是不是能够摧垮一切呢?

那天晚上,父亲依然像以往一样,将我喜欢的饭菜买来,摆放在我床头的柜子上,将筷子递给我:"快吃吧,都是你喜欢吃的……"我克制着自己,可绝望还是疯狂地向我袭来,我放声哭了起来。

哭声中我哽咽着问父亲:"你们为什么一直在骗我?为什么?"

父亲在我的哭问中睐眍着,突然背转过身去,肩膀不停地抖动起来……

接下来的整整三个夜晚,我都是在失眠中度过的。

第四天清早，我将自己打扮整齐，趁没有人注意，悄悄溜出了医院……我知道，医院不远处有一家农药店，我要去那里买能够了结我生命的药物，我可以承受病魔的蹂躏，但我无法忍受父母被灾难折磨的痛苦。我唯一能够帮助父母，杀掉病魔的方法，就是结束我的生命。

就在我和老板讨价还价的时候，父亲从门外奔了进来，一把抱住我。我什么都看不到了，只感觉到父亲浑身都在颤抖着，我知道，父亲一定是在哭泣……

那一晚，家里一片呜咽，而父亲却没有再掉泪。他只是在一片泪水的汪洋中，镇静地告诉我："我们可以承受再大的灾难，却无法接受你无视生命的轻薄。"

因为爱父母，我想选择死亡；而父母却告诉我，爱他们就应该坚持活下来。

三天后，在市区那条行人如织的街道旁，父亲破衣褴褛地跪在那里，脖子上挂着一块牌子，牌子上写着："……我的女儿得了一种绝症，她的心脏随时都可能停止跳动，善良的人们，希望你们能施舍出你们的爱心，帮助我的女儿战胜病魔，毕竟她只有 16 岁啊……"我是在听到邻居说父亲去跪乞后找过去的。

当时，父亲的身边围着一大群人，人们看着那牌子，窃窃议论着，有人说是骗子在骗钱，有人就吐痰到父亲身上……父亲一直垂着头，一声不吭。我分开人群，扑到父亲身上，抱住父亲，泪水又一次掉了下来……

父亲在我的哀求中不再去跪乞，他开始拼命地去做一些危险性比较高的工作，他说，那些工作的薪水高，他要积攒给我做心脏移植手术的费用。心脏移植，这似乎是延续我生命的唯一办法。但移植心脏就意味着在挽救一个人生命的同时，结束另一个人的生命啊！哪里会有心脏可供移植。可看着父亲坚定的眼神，我不敢说什么，也许，这是支撑他的希望，就让他希望下去吧！我能给父亲的安慰似乎只有默默地承受着他的疼爱。

直到有一天，我在整理房间的时候，从父亲的衣兜里发现了一份人身意外伤亡保险单和他写的一封信。那是一封写给有关公证部门的信，大意是说，他自愿将心脏移植给我！一切法律上的问题都和其他人没有任何关系……

原来，他是在有意接触高危工作，是在策划着用自己的死亡换取我健康的生命啊！

我一个字也说不出来，只有泪水滂沱而落。那天晚上，我和父亲聊了很久，我回忆了自己这些年和病魔拔河的艰难，更多的是我从他和母亲身上感受到的温暖和关爱，我告诉父亲："生命不在长短，要看质量，我得到太多太多来自您和妈妈给的爱了，就是现在离开这个世界，我也会很幸福地离开……"

父亲无语。星月无语。

一天，我从学校回来，不见父亲，就问母亲。母亲告诉我："你爸爸去公证处公证，想要把他的心脏移植给你，表示他是自愿的，和任何人都没有关系。可这是要死人的事情，公证处的工作人员没有受理，他又去医院问医生去了……"

那天晚上，父亲一脸灰暗地回来了。我看得出，一定是医生也不同意他的想法。

父亲不再去咨询什么移植事情，开始垂头工作了。只是，依然是那些危险性很高的工作。我渴望生命的延续，但我更渴望父亲健康地活下去。

我的心里多少有了些安慰，以为一切都会在自然中继续下去。

7个月后的一天，我将近40岁的父亲在一处建筑工地抬预制板的时候，和他的另一个工友双双从五楼坠下。我赶到医院的时候，父亲已经没有了呼吸。听送他到医院的一些工友们讲，父亲坠下后，双手捂在胸口前——我知道，我知道，父亲在灾难和死亡突至的刹那，还惦挂着我，还在保护着他的心脏，因为，那是一颗他渴望移植给我的心脏！

而原因，只是因为我是他的女儿。

父亲的心脏最终没有能够移植给我，因为那颗心脏在坠楼时被摔碎了。

父母能够为孩子做什么？创造良好的家庭条件，提供优越的教育环境，锦衣玉食，邀月摘星，捧在掌心怕摔了，含在嘴里怕化了……天下的父母大抵如此，他们愿意为自己的孩子奉献一切！每个孩子在父母的心里都是天使，即使一个与生俱来的残疾孩子降临人间，父母也不会将他视为魔鬼！《摔碎的心》一文中的父亲，他用自己的死告诉我们，每一个孩子都是上帝赐予我们的天使，生命的意义不在他（她）存在时间的长短，而在于他（她）在这个世界的每一分钟是否过得幸福。

从世俗的意义上看，一个残疾孩子的到来对一个家庭而言其打击是毁灭性的，多少父母为此倾家荡产、债台高筑；但从情感的角度上说，这样的家庭所维系的情感强度更加坚固、更加牢不可破,在他们身上,更能折射出令我们感动的光辉。

(许高英)

父亲可以忍受身体上的冰冷,因为在他的心里,儿子就是温暖,儿子在外的每一点儿成绩就是温暖——对于父亲来说,这些温暖足够他抵御更大的身体上的寒冷。

只要7日暖

◆周海亮

　　几年前,我在市供暖公司上班,每天负责收取供暖费。我们这座北方小城,到冬天家里如果不通暖气,似乎连空气都能结成冰。

　　那年冬天来得特别早,仿佛秋天刚过一半,就到了隆冬。那个下午,在窗口前等待交费的人排成了长龙。我注意到一位男人,总是在轮到他的时候,就站到一边,独自待一会儿,似乎后悔了,再从队尾排起,等再一次轮到他,却又站到了一边,待一会儿,再一次回到队尾。好像,他想跟我说什么,却总也开不了口。

　　临下班的时候,整个交费大厅,终于只剩下他。我问,您要交费吗?男人说,是交费,是交费。声音很大,很突然,语速夸张地快,似乎一下午的勇气和力气全都集聚在一起了。

　　我问他家庭住址,他急忙冲我摆手。不忙不忙,他说,先麻烦问一下,能不能只交8天的钱?

　　我愣住了,心想,只交8天的钱,开什么玩笑?

　　他急忙解释,我知道这违反规定,我知道,供暖费应该一次交足4个月。可是,我只想交8天的钱。你们能不能,破个例,只为我们家供8天的暖气?

男人五十多岁的样子,已经满脸皱纹,包括嘴角。那些话便像是从皱纹里挤出来的,每个字,似乎都饱经了风霜,苍老且浑浊。

可是为什么呢?我迷惑不解。

是这样的,男人说,我和我爱人,下岗在家,还要供儿子念大学,没多余钱交供暖费。其实不交也行,习惯了,也不觉得太冷。可是今年想交8天,从腊月二十九,交到正月初七……

可是,一冬都熬过了,那几天又为什么要供暖呢?因为过年吗?我问。

不是不是,男人说,我和我爱人,过年不过年的都一样。那几天通暖气,因为我儿子要回来。他在上海念大学……念大三,两年没回家了……我也不知道他在忙些啥,打工忙,还是读书忙。不过今年过年,他要回来……写信说了呢,要回来……住7天……要带着女朋友……他女朋友是上海的,我见过照片,很漂亮的闺女。男人慢吞吞地说着,眉毛却扬起来。

您儿子过年要回来住7天,所以您想开通8天的暖气,是这意思吧?我问。

是的是的。男人搓着手,有些不好意思。他回家住7天,我打算交8天的暖气费。——家里太冷,得提前一天升温,否则他刚回来,受不了的……我算过,按一平方米每天一毛钱计算——是这个价钱吧!今年——每平方米每天一毛钱,我家58平方米,一天是5块8毛钱,8天,就是46块4毛钱……错不了。男人从口袋里,掏出一小撂钱,推给我。我数过的,男人说,您再数数。

我盯着男人的脸。男人讨好地冲着我笑,又怯怯的。那表情极其卑微,为了他的儿子,为了8天的供暖费。

当时我极想收下这46块4毛钱,非常想。可是我不能。因为不仅我,连供暖公司,也从来没有遇到过这样的事。

于是我为难地告诉他,我得向上面请示一下,因为没有这个先例。这件事,我做不了主。

那谢谢您,男人说,您一定得帮我这个忙……我和我爱人倒没什么,主要是,我不想让儿子知道,这几年冬天,家里一直没通暖气……

我起身,走向办公室。我没有再看男人的脸,不敢看。

最终,公司既没有收下男人的钱,也没给男人供8天的暖气。原因很多,简单的,复杂的,技术上的,人手上的,制度上的,等等。总之,因为这许多原因,那个冬天,包括过年,我想,男人的家,应该冷得像个冰窖。

后来我想，其实这样也挺好。当他的儿子领着漂亮的女朋友从上海回来，当他发现整整一个冬天，他的父亲母亲都生活在冰窖似的家里，也许，那以后，他会给自己的父母，比现在，多出几倍的温暖吧！

人总是在不停地寻找着温暖。温暖，不单单就是阳光，不单单就是火，也不单单就是暖气。

寒冬中赶路的人，有人为他送来一碗开水，比开水更温暖的，是送水人的善良。

沙漠中饥渴的旅行者，有人为他送来一个苹果，比苹果更解饿的，是送苹果的人的好心。

重病缠身的患者，有人为他送去一包草药，比草药更能缓解病痛的，是送药之人的一片爱心。

孤单寂寞的老人，有人为她送去一台无线电，比无线电更能让她快乐的，是她感觉到了有人对她的关怀。

……

这些都是温暖，有的温暖用身体去感觉，有的温暖需要用心去感知。

父亲可以忍受身体上的冰冷，因为在他的心里，儿子就是温暖，儿子在外的每一点儿成绩就是温暖——对于父亲来说，这些温暖足够他抵御更大的身体上的寒冷。

可是，作为儿子，能看着自己的父亲用这种方式取暖吗？ （陈　雄）

我爸说,别人家的姑娘是爸妈的心肝儿,我家的闺女也是爹娘的宝贝……

讲　　究

◆孙春平

大学新生入学,302 室住进 8 位女生。当晚,各报了生日,便有了从大姐到八妹的排序,尽管都是同庚。

不久,大姐王玲的老爸来看女儿,搬进了一个水果箱。打开,便有 16 个硕大红艳的苹果摆在了桌面上,每个足有半斤重,且个头儿极齐整。王玲抢着把苹果一字摆开,再让大家看,众姐妹惊奇得闭不上眼了。原来每个苹果上还有一个字,合在一起是"八人团结紧紧的,试看天下能怎的",之后她们便笑,一幢楼都能听到八姐妹的笑声。王玲得意地告诉大家,说家里承包了果园,入夏时她老爸就让果农选出 16 个苹果并在每个苹果的阳面贴上一个字或标点符号,秋阳照,霜露打,便有了这般效果。这是老爸早就备下的对女儿考上大学的贺礼。

五妹张燕是辽宁铁岭来的,跟赵本山是老乡,故意学着那个笑星的语气对王玲老爸说:"哎哟妈呀王叔,您老可真讲究啊!"众人再大笑,"讲究"从此便成了 302 室的专用词语,整天挂在了八姐妹的嘴上。

第二个来"讲究"的是三姐吴霞的妈妈,带来了八件针织衫,穿在八姐妹身上都合体不说,而且八件八个颜色八人一齐走出去,便有了"赤橙黄绿青蓝紫,谁持彩练当空舞"的效果。吴霞说,妈妈在针织厂当厂长,这点儿"讲究",小菜一碟。

年底的时候,二姐李韵的家里来了"钦差",是爸爸单位的秘书,坐着小轿车,送给大家的礼物是每人一个皮挎包。女孩子挎在肩上,可装化妆品,也可装书本文具,款式新颖却不张扬,做工选料都极精致,只是都是清一色的棕包。但细看,就发现了"讲究"也是非比寻常,原来每只挎包盖面上都压印了一朵花,或是腊梅或是秋菊等,八花绽放,各不相同。李韵故作不屑,说一定又是年底开什么会了,哼,我爸就会假公济私。

每有家长来,并带来讲究的食品或礼物的时候,默不做声静坐一旁的是七妹赵小穗。别人喊着笑着接礼物,她则总是往后躲,直到最后才羞涩一笑,走上前去。所以,分到她手上的苹果,便只剩了两个标点符号,落到她肩上的挎包则印着扶桑花。有人说扶桑的老家在日本,又叫断头花,那个桑与伤同音,不吉利,便都躲着不拿它。每次,在姐妹们的笑语喧哗中,默声不语的赵小穗总是很快将一杯沏好的热茶送到客人身边,并递上一块热毛巾。平日里,寝室里的热水几乎都是赵小穗打,扫地擦桌也是她干得多,大家对她的勤快似乎习以为常。大家还知道她的家在山区乡下,穷,没手机,连电话都很少往家打,便没把她的那一份"讲穷"挂在心上。

一学期很快过去,放寒假了。众姐妹兴高采烈再聚一起的时候,已有了春天的气息。那一晚,赵小穗打开旅行袋,在每人床头放了一小塑料袋葵花子,说:"大家尝尝我们家乡的东西,是我妈我爸自己种的,没用一点儿农药和化肥,百分之百的绿色食品。"

葵花子平常,可赵小穗送给大家的就不平常了,是剥了皮的仁儿。一颗颗那么饱满,那么均匀,熟得正是火候而又没一颗裂碎,满屋里立时溢满别样的焦香。

李韵拈起一颗在眼前看,说:"葵花子嘛,要的就是嗑时那份情趣,怎么还剥了?是机器剥的吧?"

赵小穗说:"我爸说,大家功课都挺忙,嗑完还要打扫瓜子皮,就一颗颗替大家剥了。不过请放心,每次剥之前,我爸都仔细洗过手,比闹'非典'时洗手过程都规范严格呢。"

王玲先发出了惊叹:"我的天!每人一袋足有一斤多,八个人就是十来斤。这可都是仁儿呀,那得剥多少?你爸不干别的活儿啦?"

赵小穗的目光暗下来,低声说:"前年,为采石场排哑炮时,我爸被炸伤了。他出不了屋子了,地里的活儿都是我妈干……"

吴霞问："大叔伤在哪儿？"

赵小穗说："两条腿都被炸没了，胳膊……也只剩了一条。"

寝室里一下静下来，姐妹们眼里噙满了泪花。一条胳膊一只手的人啊，蜷在炕上，而且不是剥，而是捏，一颗，一颗，又一颗……

张燕也没了笑星般的幽默，她哑着嗓子说："小穗，你不应该让大叔……这么'讲究'……"

赵小穗喃喃地说："我给家里写信，讲了咱们寝室的故事。我爸说，别人家的姑娘是爸妈的心肝儿，我家的闺女也是爹娘的宝贝……"

那一夜，爱说爱笑的姐妹们都不再说话，寝室里静静的，久久弥漫着葵花子的焦香。直到夜很深的时候，王玲才在黑暗中说："我是大姐，我提个建议，往后，都别让父母再为咱们'讲究'了，行吗？"

讲究，这个词在生活中已经不太有人喜欢用了，它似乎是个带有年代痕迹的词。在我们有些退化的记忆器官中，过去的东西总是被我们有意无意地加以疏远，因为过去的，总带着一些陈旧的气息。但是，当八位女孩子重新为我们带来这个词时，我们一度会感觉到一种春风扑面。因为青春、美好、幸福这些词汇是永恒的，因为人们需要，她们就不会衰老，更不会被我们疏远。

但是，"讲究"不是这八位女孩的"讲究"，而是她们父母的"讲究"。七位女孩的"讲究"就是物质的讲究，是七位的父母的努力，才让她们"讲究"起来，这样年轻的生命才充满了青春气息和幸福味道。而第八位，则明显有些失衡，因为她的"讲究"是父亲给带来的，而且，是父亲用一只手带来的。十斤葵花子仁，一只手，这种对比只是十倍，但是反差却能催下无数人的泪。

别人的孩子是宝贝，自己的孩子也是宝贝，一只手，也照样能疼过来。这个"讲究"，需要很多人，用一辈子，来好好研究……

（王　嘉）

我的妈妈,流泪的妈妈,你知道吗,我的良心,我的责任,或许还有所谓的能力、耐烦劲、平常心……一切的一切,那都是来自于你——我亲爱的妈妈!

我的妈妈,流泪的妈妈

◆徐 芳

我是妈的大女儿,她管我管得严。她给我们创作了一些格言,也算是我们的家规:吃要有吃相,坐要有坐相;别人说话时要眼睛看着,别人吃东西时可别盯着看……

规定是规定,但这事得另说,我见过我的妹妹看着人家吃东西,一副馋得要流口水的模样,很气愤地回家向她报告,她只当没听见。我再说,她就拉下了脸:你是当姐姐的,要管好自己的妹妹。

平常家里大事小事的,因为我是当姐姐的,挨打挨骂的概率比两个妹妹大了许多,除了自个儿的原因,还常常得替妹妹们受过。这让我很不服,我常常要辩解,她常常就是这句话:你是姐姐……以四两拨千斤的判断结束我的话,要我接受惩罚——也许是跪洗衣板,也许是站门板后,这要看她的心情。

后来我就拼着挨打的可能顶撞,我不要做这个倒霉的姐姐了!

事情好像也没变得更糟,她只是在洗衣做饭的间隙里,对邻居抱怨:老大犟,这么大了还如何如何。也因为我是老大,所以关于"这么大了"的批判,也是永远的。

她并不打我,打我的是我爸。晚饭后,那是一个战战兢兢的时刻,我爸问话,上一句还是笑着说的,下一句手就拍到了桌子上,"砰"一下,然后我妈过来拉……但我相信,他们的目标是一致的,是我,是我,还是我,因为我是"榜样"。

我这个"榜样"不争气时就会号啕大哭,只有少数几次因为心里想着革命英雄堵枪眼拼刺刀的壮举,才能够拼命忍住。

我读书的年代大家都不想读书,读书无用论甚嚣尘上,可我爱读书,成绩一直都很好。考试成绩出来了,我向家长汇报,可他们并不在意,尤其是我妈,哼哼哈哈的,像是听到了又像是没听到(我想起来了,她就从来不表扬我)。有了多次这样的待遇之后,我以为他们并不关注我读书。我就自然地该干吗干吗,不干吗就不干吗,松松快快地上学放学,做家务。这种松快,终于让我付出了代价。

有一次数学考试后,有个"心态不好"的同学跑老师那里打听去了,回来他路过我家窗前正好让我看见。我隔着窗大声问他我几分,他说我100分。我又问几个100分的,他答就一个。我也和他一样认为这一定是我了。我妈在旁边也一声不吭。

可是第二天到学校才知道他弄错了,这个唯一的100分,并不属于我,也就是说我考砸了。回到家,我用最快的速度在我妈那里做了更正。我妈当时正在洗衣服,她还是一句话不说,但抬手给了我一巴掌,肥皂和水火辣辣地甩了我一脸。我吓坏了,她又气又急的样子,实在出乎我的意料。

这一巴掌确实让我醒过神来:考得好可以不管,但考得不好是一定要管的。

她从没有打过我两个妹妹。相反她倒是很经常搂抱着她俩,或者任凭她俩亲一下热一下地在她身上蹭来蹭去地撒娇。

很多不是问题的问题,此刻在我眼里都成了问题。

在无聊的岁月里,邻居的大人们常常拿孩子逗乐,比如我大妹的胖或我小妹的瘦,而我长得据说不像我妈我爸,像谁呢?有人就悄悄告诉我:"你是你爸你妈抱来的……"我立刻就哭开了,那一种伤心我至今还记得。我断然地要求那个大人一定要带我去找我爸我妈……

你怎么就当真了呢?人家寻你开心都不知道。她依然怪我,满是烦恼的样子。

寒暑假里,我们孩子们可能的远行就是去祖父母家或外公家短住,我从来没有想过家,不像两个妹妹。她们不出一两天就嚷嚷着想家,其实是想妈。

她依然看我什么都很挑剔。等我长到知道要漂亮的时候,有人客客气气地对她夸小姑娘（我）长得好时，她却说还是老三好看。我是难看的吗？老三是好看，可我以为她就是不能这么说（当着我的面）。

孩子们长大就像飞一样，转眼间的事。这是老妈现今的语录，用来勉励我和妹妹——我们一晃也是当妈的人了。

我自己做了母亲以后，知道做母亲有多难之后，才开始理解她当年的独立苍茫，汗流满面有多不容易。不说洗尿布那会儿，就说给我们三个每天补袜子补鞋补衣服，哪天不是弄到深夜？还要做新的，织一家老小的毛衣，这也是长年不断的。面食点心的加工，每年过冬的两百斤青菜、两百斤雪里蕻从到菜场排队买下搬回家开始，洗晒切腌哪一个环节能省略？

在我的记忆里，在冬天里她的手总是又红又肿。她的脚上也是长年裂着血口，脱尼龙袜子时她咬着牙，有时竟脱不下来。因为她的棉鞋破旧，我们的脚长得快，又费鞋，她的顶针绳线下总有要加急的活计。她常常刺破手指，就把指肚含在口里啜啜吮着，她不时皱眉的习惯大概从这儿来的。

对我两个妹妹她其实是管束不过来，要我做"榜样"，或者说杀鸡给猴看，也是出于无奈。我竟不能知，唉……

我大病一场的那会儿，她把她的金银首饰卖了，不够，又去"献血"……可她依然与我少话，那回我几次想与她说点什么都没有说，是她眼眶里盈盈的泪光把我吓住了。

我想起来了，她是爱哭的，仿佛比我们更爱哭。看电影听戏，年轻年老时与我爸吵架，我们不听话时，她的眼泪就汹涌而出，日子是她流着泪一天天过去的。

她如今老了，头发白了，腰粗了，人胖了，可依然爱哭。为了和我爸的事，为了死去的外公，为了自己的病，眼圈红着，久久的。我摸着她的头发，她会颤抖一下，像受了惊一样。

我还记得小妹那年得了急病，她背着小妹，小妹当时已经昏迷了，无知觉的身体直往下滑。妈只能弓着背走，我在后面用手托，而她的背竟被汗水湿透了，湿滑湿滑的。那条路平时甩着手走也要四五十分钟，也不知道那天究竟走了多长时间，就听医生说再晚半小时就来不及了。妈进了急救室，我被挡在外面，一直守到深夜。

可我还是禁不住怀疑，眼前这个脆弱的老妈，究竟是怎么把我们抚养长大的？她不再说我什么，而是什么都听我的了。

有点儿盲目，她并不了解自己，就像当年的我。

我的妈妈，流泪的妈妈，你知道吗，我的良心，我的责任，或许还有所谓的能力、耐烦劲、平常心……一切的一切，那都是来自于你——我亲爱的妈妈！

我们都知道，妈妈是个温暖的词汇，因为我们总在最寒冷、最无助、最饥饿、最委屈、最可怜等需要帮助的时候能得到她的怀抱：柔软、温馨、安全。这个港湾我们一辈子也呆不腻，一生一世都留恋。但是，我们见过了太多的故事，那里的妈妈除了坚强、包容、伟大而又宽广之外，还有苦难、容忍、酸涩甚至贫穷。

本文中我这个"榜样"的妈妈，无疑就与穷苦、艰难等字眼紧紧生活在一起。我们经常饥饿，我们经常眼馋别人的玩物，我们还希望能过上更好的物质生活。但是，面对我们这些可怜而基本的要求，那个特殊的年代，那个特殊的环境，那个特殊的妈妈经常流泪。她不怕贫穷，她也不怕艰难，她只是觉得她可以给自己的孩子更好的生活，但她没能给。她只是替孩子难过，眼泪不代表她对自己生活艰辛的委屈。

在一个妈妈眼里，一切苦难都不算什么。当孩子们有一天纷纷走上她所希望的道路时，她们的眼泪，则完全变成是幸福的了。

最后，哪怕孩子们做出一点点感恩的举动，她们的眼泪都欣慰至极……

（苏海平）

那个夜晚,我终于知道了母亲的秘密;那个夜晚,我终于完全理解了我自己的母亲;那个夜晚,我因为感动而无数次流泪……

秘　　密

◆佚　名

　　快下班的时候,我突然接到一个陌生男人打来的电话。听上去像是一个久经风霜的老人。挂上电话后,我决心今晚一定要和母亲好好地谈一谈。对,就在今晚。好好地谈一谈。

　　很合适,家里只有我和母亲两个人,父亲远在异地他乡。在这样的静谧的夜晚,最适合和母亲心贴心地谈天。我起身,点上一支熏香灯,让轻烟弥漫。其实在我内心,多少年来也有一缕轻烟,挥之不去。那是一种直觉:我相信在母亲年轻的时候,曾经发生过一件大事。这件事情改变了母亲的一生。但母亲从来不曾提起,这是她的一个秘密。

　　我猜那是一个感人的故事,我猜那是一段令母亲伤心的往事,我还猜它有关于爱情。

　　父亲大学毕业不久就去了遥远的西藏当兵,临走前娶了我的母亲,母亲是一个县城里知名的妇产科医生。年轻时候的她很美,明亮清澈的大眼睛,甜蜜的微笑,乌黑油亮的两条长辫子在腰间跳着轻盈的舞蹈。母亲是在她32岁那年,等到了我的来临。我来到这世上的第二天,母亲剪掉了她的长发。她说,从此以后,她没有更多的时间照顾她的长辫子,她要做一个母亲。

　　父亲为了这个家,常年在外奔波,我和母亲几乎相依为命。当母亲的长辫子渐渐变成了一个古老的传说,我也渐渐地长大。人们都说,我像年轻时的母

亲一样的美丽。可是我明白，不是每一只蝴蝶都可以轻舞飞扬，不是每一朵鲜花都可以生机盎然地盛开；而幸福，往往与美丽无关。

"妈，看看我们家的相册吧。"在淡黄的烛光中，我懒散地、假装很随意地翻动着影集，其实，内心里渴望用我的手把那遥远的过去牵引到面前。

"瞧，那是你3岁的时候在舞台上跳舞，台下有好多观众。你还记得吗？"当然记得。那是一个大雪纷飞的傍晚，母亲背着我去舞台，因为我要表演"小兔儿乖乖，把门儿开开，妈妈要回来……"那时候没有自行车，再远的路都要靠双脚，一步一步地走去。母亲从来不说那么遥远的距离她背着我走得有多艰难，母亲总是很骄傲地谈到这件事，很骄傲地谈到她的女儿，很骄傲地谈到那简陋的舞台。之后，我有很多次站在舞台上，但是从来没有觉得胆怯，因为我知道，母亲始终和我在一起。

"妈，那年你好像特别胖。"

母亲低下头，突然又抬头望了望天际："那年，我没有要自己的孩子。"

"你说那是个男孩还是个女孩？当时怎么不要他（她）呢？"

母亲的眼睛有些湿润："生活太艰难了。那是你1岁多的时候，家里再也养不起第二个孩子了。"我不敢再继续追问下去，母亲久久地看着遥远的夜空，我想那里有她一份牵肠挂肚的思念。

我不知道为什么，多年来奶奶始终不喜欢我的善良贤惠的母亲。我不知道是不是再贤良的媳妇也难得婆婆的欢心。奶奶直到离开人世，好像也无法原谅她。难道是因为那个还没有来到人世的小孩？

"妈妈，我记得那年搬家离开小城，你哭了鼻子。但是我可高兴了，因为爸爸已经从西藏转业，我们一家终于可以团圆了。"其实我了解母亲，当年的她十分不愿意离开那座小城，因为那里是生她养她的地方，那里有她全部的亲人、朋友和她全部的事业。母亲快要40岁的时候来到这个陌生的城市，重新开始她的生活。父亲其实一直以来非常爱我的母亲，但是母亲从来不依靠他，即使是在父亲飞黄腾达以后。母亲总是对我说："一个女人，一定要学会自强自立，尤其是一个母亲。"

母亲的坚强，多少年来，一直打动着我的心。可是我从来没有告诉过她，其实她也是我的骄傲。我相信，我美丽的母亲所经历的一切我都可以理解，即使过去有什么差错，我也会原谅。于是，我想要知道，在母亲心灵深处的那个秘密。

我想我必须告诉母亲下午接到的那个电话：那是一个陌生人。听到我的声音后，好像非常的激动，他说："我们约个时间，你一定要见我，一定……我会告诉你一些过去的故事，有关你的母亲。"

　　我永远也不会忘记母亲那一瞬间的表情，仿佛凝结了她这一生所有的喜怒哀乐，眼泪无声无息地滴落，每一滴都让我心慌。"妈，要是，要是那真的是一件让你很伤心的事情，就不要再说了。我们都不要再提……"

　　很久很久，妈妈又恢复她一贯的坚毅的神情。母亲抬起头，深呼吸，开始给我讲这个我二十几年来从未曾听说过的故事——母亲的秘密。至今，母亲所说的每一字每一句都刻在我的心里。

　　"那是1975年的初夏，我正在医院上班，一个四十几岁的妇女抱来一个小孩，说是因为意外，这孩子在世上已经没有亲人了；说是早就打听过我是一个好心的医生，要是我不收下就只有放在大桥下面……说完，妇女哭着扭身就跑了。

　　"我看孩子可怜，就想着暂时留在身边。看医院里能不能找到合适的可以收养这个孩子的夫妻。之后，我所有的积蓄都拿来给她买奶粉了。

　　"一年之后，我发现自己怀孕了。我也想过把这个孩子送给孤儿院，但是我实在舍不得啊。她长得是那么可爱。她眼睛那么黑，她笑起来有酒窝。她已经开始叫我'妈妈'了啊！可是我知道，要是我有了自己的孩子，我根本无法做到不偏心。于是我和丈夫商量，放弃自己的小孩。我的丈夫是一个知识分子。我很感激他能通情达理，做到很多男人无法做到的事情。

　　"之后，我们就办理了所有的手续，并且办理了独生子女证。我们决心这辈子就好好地待这个孩子，让这个女孩健康、快乐地成长。再之后，我们发现关于这个女孩的传闻越来越多，我们觉得这些传闻都不利于她的成长，于是，最终决定离开那座小城。

　　"当她考上大学的时候，成年的时候，开始工作的时候，我都曾经想过告诉她有关她自身的秘密。但是，始终不忍心破坏她幸福而平静的生活……

　　"今天我终于可以说出来了，那个女孩就是你。

　　"我还想说，关于我年轻时候的这个决定，我从来都不曾后悔，因为你带给了我无限的欢乐，带给了我身为人母的勇气，带给了我一份充实的生活。"

　　原来，那个陌生的男人想要告诉我的，是我生命里那个从来不曾见过的

"母亲"。我虽然非常的遗憾,我从来不曾被她抱在怀里,我从来不曾和她说过话。但是我也庆幸我在人世中遇到了我现在的母亲。我可以想象在那个物质极度匮乏的年代,一个年轻、美丽的女子是怎样含辛茹苦地照顾着我;我可以想象,她要承担多大的压力和责任,为了这个原本是别人家的小孩;我可以想象,她为了我能拥有清澈明亮的眼睛,需要作出多大的牺牲……

那个夜晚,我终于知道了母亲的秘密;那个夜晚,我终于完全理解了我自己的母亲;那个夜晚,我因为感动而无数次流泪……

我想,世界上最美丽的大概就是人与人之间真挚的感情,正是这份感情,让我与母亲这两个原本陌生的人,在茫茫人海中走到一起,相依为命,成为彼此最亲的亲人。我想,我会在母亲身上学到用心去爱,真诚地去付出,不用太多的计较。也许,生活中总是会有奇迹。

感恩提示

从小到大,我们总相信母亲有秘密,父亲有秘密,兄弟姐妹有秘密,亲戚朋友有秘密。甚至于,当我们的好奇心胜过一切的时候,我们觉得世界上每个角落里都有秘密。但是《秘密》里的这个故事让我们相信,我们可以怀疑一切都有秘密,但是这"一切",除了母亲之外,否则,一切的字眼都是残忍的。

是的,母亲是有秘密的,这我们应该允许,因为所有人都应该有秘密,这是所有人的权利,包括我们自己。而母亲的秘密却多是辛酸的、无奈的、无法真实地告诉我们的。当有一天我们身强力壮、心怀宽广得能承受一切时,母亲的秘密就可以向我们推心置腹了。这时,我们又会在母亲的秘密之后满心的酸楚。为了我们的身强力壮,为了我们的胸怀宽广,母亲的秘密多么无奈地记录了母亲的艰苦与难过。

知道秘密,揭开秘密之后,如果我们能用自己的努力为母亲舒解额头上满是秘密的皱纹,那该是母亲舒心的笑容绽开之时吧?　　　　　　　　　　　(刘明武)

今天的生活与年少时相比,即使用四季如春来形容也不为过,但
父亲教给我们的"熬过冬天"的体验使我终生难忘。

冬天过去了

◆佚 名

坎坷中的记忆最难忘却。那年冬天,弟弟患了急性肾炎,于是,父亲东拼西
凑弄了些钱,每日背着弟弟去乡卫生院治疗。数九寒天,风雪交加,空着手走路
尚且艰难,更何况父亲要背着十来岁的弟弟翻山越岭走上二十余里路。有几
次,一不小心陷进雪坑,父亲是背着弟弟慢慢爬上来的;寒风袭来,怕弟弟冻
着,父亲又脱下自己的棉袄,裹在弟弟身上。一走就几个月啊。有一天,我跟在
父亲后面当帮手。回来时,父亲放下背上的弟弟,坐在路边的石头上歇息,望着
积雪逐渐消融而变得花白了的山野,他喃喃地说:"冬天快过去了。"

已经懂事的我,此时,仿佛忽然走进了父亲的内心。是的,冰雪遍地的冬天
对于贫弱的家庭是残酷的,孩子御寒的冬衣、屋内取暖的柴火、全家人充饥的
饭食,哪一样都操碎了父母的心。这个季节,他们就把自己像柴火一样点燃,让
我们围着取暖。我多渴望冬天快过去啊。望着疲惫地坐在冰凉的山石上的父
亲,正值中年的他已经生出了许多白发。此情此景永久地刻在了我的脑海里。

还是一个冬季。有天早上,我磨蹭着没去上学。饭票前天就用完了,家里无
米让我背到学校换饭票;借给我饭票的同学家里同样拮据。因此,今天去学校,
不仅自己肚皮打发不了,也无法面对帮助过我的同学。父亲得知,喉头蠕动一
下,手抚在我的头上,说:"你先去上学,我不会让你挨饿的。"

果然,中午时父亲扛着一袋米赶到学校来了。他脚步沉重地走在冬天的残
雪里,老远就听到他的喘息声。我跟在他后面,几次要帮他一把,都被他拒绝

了:"不用不用,你人还小,扛不动。"望着父亲被压得弯弯的腰,我鼻子突然一阵发酸。后来知道,这袋米是父亲向好几个亲戚家借来的,他天蒙蒙亮就出门了。到食堂称过米,父亲把换得的饭票交给我:"快去吃饭吧,饿坏了吧。"我要父亲一起吃,他无论怎样都不同意,说要赶回去,到家30里的路呢。走几步,他又回过头来,伸出手将我松开的纽扣扣好,对我说:"熬一熬,冬天快过去了。"我看到,父亲帮我扣纽扣的手在微微发抖,我的鼻子一酸,不知该说什么,朝他点点头。目送着父亲朝校门口走去,我忽然看到,他肩上有一块白渍渍的印迹,那是刚才扛米袋子时留下的灰。我张张嘴想喊住他帮他拍掉,他已走远了……

父亲不是个文化人,说不出什么思想深刻的话语。但那句"冬天快过去了"的喃喃自语,胜过我读过的任何诗句,给我以鼓舞,教我对未来充满期望。

去年春节期间回故乡,又逢大雪。中午,屋檐在阳光下滴答落水。父亲望着屋外,对绕膝的满堂孙辈吆喝着:"出太阳啦,出去玩吧,冬天过去了。"父亲的话一下子让我生出万千感慨。今天的生活已经彻底告别了"冬天",与年少时相比,即使用四季如春来形容也不为过,但父亲教给我们的"熬过冬天"的体验使我终生难忘。有了这样的体验,其实就是拥有了一种力量啊。感谢你,父亲。

"冬天过去了",只是一句简单的呢喃,也许它只是父亲在饥寒交迫的季节里的一种直觉的期待,也许它只是穷苦的人们在困厄的环境中常说的一句口头禅。这句话出自一位没有什么文化的父亲之口,正像作者在文章里说的那样,它并非是什么优美的诗歌,但在作者的心目中,它却胜过世上所有动人的诗篇。"冬天过去了",意味着严寒退却,意味着春回大地,一个新的希望又回到了人们的身边。饥饿和寒冷将要走远,希望和温暖又回到了大地上。父亲的话里,充满的是对生活的期待,也是一种最为朴实的鼓励。当他说出这句话时,他肯定在心里还说着,别急呀,一切都会好起来的,没关系,咱们得挺住。

父亲当然不是诗人,但有一句著名的诗,却与父亲的这句话惊人的相似。那句诗出自英国诗人雪莱的《西风颂》,诗里说:"冬天来了,春天还会远吗?"或许文章中的父亲从未听过这句诗,但他却用自己最质朴的情感,真正体会到了这句诗深刻的内涵。

(苏海平)

他们有着同样的隐藏在心里的有关家的珍贵回忆；同样的爱的盔甲，锁在童年的记忆中，它将保护着我们度过战争，度过人生中最艰难的困境。

给妈妈的生日礼物

◆[美]埃　弗

1971 年，我驾驶的海军 A—4 轰炸机被击落，我做了战俘，在那座我们称之为汉诺依·希尔顿的监狱里，我和另外 400 名战俘一起被关了 7 年。

那一次，我的狱友们成立了一个"宴会主人俱乐部"，我们每个人都要说一段生活中的经历。我说了我童年时的一件小事。

我们家是从墨西哥搬到美国的，一直很穷，我的父母很小的时候就不得不辍学，自己谋生。在我 8 岁的时候，我们一家和祖母住在加利福尼亚的萨利拉斯。一天，祖母把我叫到一边小声提醒我那天是妈妈的生日。我想给妈妈买点儿好东西，可我没钱，我想搜集一些盛苏打水的瓶子到街角杂货店去卖，两个 1 美分。

我拉着红色的小货车，在邻居家的垃圾箱里搜寻瓶子，每装满一车，我就走好远的路把它拉到商店里去卖。到傍晚的时候，我已经有了足够的硬币。我拉着车，到了杂货店，捧出满满一把硬币，我不仅有足够的钱买一个生日卡，而且还可以买一些别的东西。我的目光落在一个棒棒糖上，为妈妈买了下来，我的钱正好够。我把糖放在裤子口袋里，将卡片塞在衬衫底下跑回了家。

这时，天越来越黑了，当我拐出街角，快到家的时候，我看见妈妈正在找我，她很着急而且生气了。"你去哪儿了？"她严厉地问我。我很害怕，当她把我带回家的时候，我开始大哭。"你去哪儿了？"妈妈又一次冲我大喊。我一边大

哭，一边抽泣着说："我在外面搜集瓶子，卖到钱给你买生日礼物。"

我把手伸进衬衫，拿出那张未签名的生日卡给她。我的小脏手弄脏了我本该签名的地方。然后我又递过去棒棒糖，它在我的口袋里几乎被折成了两半："我还给你买了这个。"

妈妈的怒色消失了，伸出双臂抱住我……我听到她在抽泣。

那天晚上，一些邻居来我家，妈妈指着窗子旁边放着的那支棒棒糖对他们说："那是我儿子送给我的生日礼物。"话里充满自豪，眼里含着泪水。

故事讲完了，狱友们都静静地坐着。"该死的埃弗！"其中的一个对我骂道，一边擦去泪水。这时我明白了，我们中的许多人——幸运的人们，他们有着同样的隐藏在心里的有关家的珍贵回忆；同样的爱的盔甲，锁在童年的记忆中，它将保护着我们度过战争，度过人生中最艰难的困境。

感恩提示

这个故事非常简单，说的不过是一个穷苦的孩子为了能送给母亲一份礼物，捡了许多被人丢弃的瓶子，换来一把硬币后，终于买到了一根棒棒糖和一个生日卡片，并把它亲手交给了心爱的母亲。但在战火纷飞的时代，当他身处战俘营之中，把这个故事讲给同伴们听时，却不禁唤起了许多人埋藏在心底的有关家的记忆。虽然那些身陷囹圄的人，没有一一说出他们自己的故事，但想象一下，那肯定是一份美好的记忆。那份记忆曾经温暖过他们很多年，也将继续让他们的心感受到来自家的那份温情。在铁窗和牢笼之中，有关亲情和家的那份记忆，具有了非凡的意义。它已经让这些战俘的心插上了翅膀，飞出了集中营，飞回到了各自的家乡，回到了各自亲人的身边。难怪他们听完故事后，会止不住流下激动的泪水，因为泪水里折射出来的，除了对自由的渴望，还有一份久违了的情感。有了这份情感，硝烟和战火终将散去；有了这份情感，他们拥有了一副与众不同的盔甲，帮助他们抵挡子弹和炮火；有了这份情感，他们在严酷的战争中，找到了一个心灵休憩的宁静港湾。

（刘英俊）

麻糖终有吃尽的一天,父亲也总有离开的一天,但父亲的爱,却永远会陪在女儿的身边,足以让她享用一生,感受一生。

父爱是我一生吃不完的麻糖

◆ 纸屑轻舞

父亲去了,这个世界上最爱我的人离我而去了。桌上放着父亲留给我的一包麻糖,这竟成了父亲的遗物!一看见麻糖,思绪就被牵到遥远的童年……

小时候,父亲在县城工作,我和母亲住在农村。父亲每次上县城之前,总要问我:"想吃什么,乖女儿,爸下次回来捎给你。"我每次总要麻糖,因为那段时间我最爱吃麻糖。捎的次数多了,父亲就说:"你老是吃麻糖,吃不烦吗?"我说:"不烦!不烦!"

随着年龄的增长,吃过的东西多了,也知道了有许多东西要比麻糖好吃得多,但父亲一直认为我最喜欢吃麻糖,所以便问也不问总是给我买些回来。有时候想对他说我想吃奶油蛋糕想吃巧克力等,但一见父亲那得意的神情,我想说的话就跑得无影无踪了。我知道此时的父亲最想看到的是我狼吞虎咽的情景。就这样,麻糖伴我一天天、一年年地长大了。

师范毕业后,我被分配到一所乡级中学教书。学校离家有十来里路,女孩家来回跑不方便,便住校了。父亲对女儿不放心,每隔几天都要去学校看我。家里包饺子,他自己顾不上吃,盛一饭盒,蹬上自行车给我送来,饺子送到学校,竟还没凉。当然,麻糖更没少送。父亲说他不能看见卖麻糖的,见了就想买,买了就马上给我送。我自己吃不了,就和同事一块吃,大家都羡慕我有个好父亲。

要结婚了,对象也是个教书的,家里很穷,还是独子。只有父亲支持我,父亲说关键是要人品好。父亲支持了,全家人便都不再坚持自己的意见。结婚后,我和丈夫感情很好,只是家里依然很穷。父亲背着哥嫂给我们买了彩电、洗衣机,被嫂嫂知道后大闹了一场,结果分了家。从此父亲和母亲孤零零地生活着。

后来我有了孩子,父亲来得更勤了。每次来的时候照例都要带麻糖。那是给外孙女买的,其实也是给女儿买的。毕竟现在的生活比以前好多了,孩子吃了几回,就不吃了,而且还到处乱扔;对此,我一定要打她几下的。但孩子一哭,父亲便护她。从那以后,父亲来的时候,就注意多买了一些其他东西,麻糖却仍是必不可少。我们吃不完,便存放起来,一包一包摞着,像小山一样,我知道里面包含着父亲无穷无尽的爱。

偶然的一天,丈夫说:"爸爸好些天没来了,你看,这小山变成丘陵了,你回去看看吧!"

我回到家,才知道父亲病了,病得很重。他为了不影响我的工作,竟一直瞒着我;而他的女儿也真傻,直到这天才想起去看看他,在她的心中,父亲永远是健康、魁梧、开朗、风趣,走路一阵风,吃饭一扫光的。

这一见竟成了我与父亲的最后一面!父亲此时已病入膏肓了。

没想到父亲临走时会单独把我叫到床前。他让我打开桌子上的抽屉,我打开一看,里面放着一包麻糖。父亲说:"早就买好准备送去,却再也不能了。"啊,父亲!我强忍泪水收拾好麻糖,父亲又用手从怀里颤巍巍地拿出一个纸包,说:"我死后,埋我时,又少不了要花钱的,我知道你手头紧,给你准备了 2000 块钱。"我的泪水再也忍不住决堤而泻,父亲,您让女儿无颜苟生啊。

我没有吃过麻糖,不知道那是一种什么样的食品,猜想一下,它很可能只是一种极为普通的糖果。文中的女儿已经吃够了,女儿的女儿也吃够了。但文中那位父亲,却还在不停地买,不停地送,甚至麻糖已经堆成了一座小山,他依然乐此不疲。这时候,麻糖已经不再是一种普通的糖果,因为麻糖里已经掺进了一种特殊的材料,那就是父爱。因为有了这份父爱,麻糖的味道变得含义深远。因为有了这份父爱,麻糖被赋予了特殊的含义。包在纸里的其实是父亲对女儿全部的关心和呵护。

表面上看，父亲临终前留给女儿的只是一包麻糖，但其实已经与麻糖无关。在那包麻糖里，肯定有着父亲无数的牵挂，有着父亲无数的祝福。他牵挂着女儿的生活，也祝福着女儿以后的日子能越来越好。麻糖终有吃尽的一天，父亲也总有离开的一天，但父亲的爱，却永远会陪在女儿的身边，足以让她享用一生，感受一生。正如文章标题所说：父爱是一生都吃不完的麻糖。　　　　（陈　雄）

我觉得父亲的脚步就踏在我的心扉，沉沉作响。我一直都低着头跟在父亲身边，没敢看父亲，怕父亲那一脸的岁月会碰落我的泪水。

父　亲

◆乔黎明

又该去上学了，我急忙收拾东西。

"要多少钱？"父亲坐在门槛上，问我。

"要 150 元。"我小声答。

"够不够？"父亲又问。

我本想说"不够"，但迟疑了一下，终于说："够。"

父亲好像看出了我的心思，说："我这里有 200 块，你都拿去。到学校去要舍得吃，不要节约，该用就用。有个三病两痛的，要及时看，不要拖。听到没？"

"嗯。"我一边接钱一边答。

"到学校去要专心读书，听到没？每回都拿恁多钱，你晓得农村赚两个钱不容易，今天的钱还是你爸爸昨天晚上到人家那儿去借的。"母亲在一旁说。

"你说些啥你？你看你说些啥。明娃都恁大的人了，他自己还不晓得专心读书？这还要你紧说？钱，让他拿宽绰点儿，吃得好点儿，我看也没啥不好。家里没钱，没钱还有我哇，我晓得想办法。只要他好好读书，我砸锅卖铁都送！"父亲盯着母亲说。母亲就无话,去忙她的活路。

那时晨光正照着父亲那因过度劳累而过早苍老的脸。我鼻子陡地一酸,有些想哭。

"东西收拾好了没?"父亲问我。

"收拾好了。"我小声答。

父亲就进屋背起我装满东西的背篓,说:"走,我送一下你。"

"哦,你还有啥东西忘在屋里头没?"

"没有啥了。"

一路上都无语。我觉得父亲的脚步就踏在我的心扉,沉沉作响。我一直都低着头跟在父亲身边,没敢看父亲,怕父亲那一脸的岁月会碰落我的泪水。

到了街上,父亲一看车还没来,就放好东西,然后对我说:"你等着车,我去卖了辣子马上就来。"

等了一会儿,车没来;父亲背着一个大背篓来了。"车还没来?"父亲问我,满脸的汗。

"没来。"我小声答。

"你的辣子刚才卖多少钱一斤?"有人问父亲。

"唉,便宜得很,才3块多点儿。"父亲答,一脸的苦。

我觉得有些东西在我眼眶里滚动,忙努力忍了忍,终没让它们滚落下来。

又等了很久,车还是没来。街上的人都开始吃晌午饭了。我已饿了。

"饿了吗?"父亲问。还没容我回答,父亲又说:"你看好东西,我去给你弄点儿吃的来。"说着朝一个饭店走去。

不大一会儿,父亲就给我端来了一大碗热气腾腾的肉丝面。

"咸淡合适不?"父亲望着我,问。

"合适。"我一边吃一边答。

我吃完了才想起父亲也没吃午饭,就说:"爸,你也去吃一碗吧。"

"我不饿,早饭吃得多。"父亲说。似乎还想努力笑一下,终没笑成。说完就拿过碗要去还。忽然,父亲又问我:"吃饱了没?"

"饱了。"我发觉我的声音有些嘶哑,忙别过脸去。

又等了好一阵,车还没来。

"恁迟了,还没车,怕你上学要迟。"父亲说,一边朝车来的方向望。

"爸爸，你回吧，我一会儿自己上车。"我劝父亲。

"那哪儿要得。你恁多东西，一会儿车来了你自己能上？"父亲笑着说，"还是我多等会儿。"

"那你去买点儿东西吃？"我望着父亲说，几乎是恳求。

"那要得，我去买个锅盔吃。"父亲说着就向近旁的一个锅盔摊走去。锅盔很便宜，5毛钱一个。

父亲拿起一个锅盔正要付钱，车来了。父亲忙放下锅盔朝我跑来，一边说："不买了，反正我可以回去吃饭。快，你快上车，我来放东西。"父亲说完就背起我的背篼往车顶棚上吃力地爬。

我的泪水一下子就涌了出来……

感恩提示

这篇文章向我们讲叙的是一位勤劳朴实的父亲，去车站送孩子上学的一段经历。在文章里，我们无法找到那些戏剧性的场景，也无法找到什么大起大落的悲壮和冲突。但读过此文，我却和文章中的那个孩子一起，感觉到了心里的酸楚，甚至止不住像他一样热泪盈眶。因为，我看到了一个真实的父亲，看到了一幅逼真的生活画面。它简单直接，却有着震撼人心的力量。也许这样的画面已经出现过许多次，而且还会不断地重复下去，直至文章里的孩子学业有成，闯出一片属于自己的天地。在这个简单的画面背后，却有着非常动人的浓墨重彩。那就是一位父亲因为对孩子的期待，盼孩子成才，而付出的辛劳和坚忍。为了孩子，他甘愿四处借债；为了孩子，他宁可忍饥挨饿，却不让孩子受一点儿委屈；同样是为了孩子，他打断了母亲的话，不想让在外求学的"我"有过多的心理负担。有一位这样的父亲，是为人子者多么大的幸福啊！

（王　嘉）

压弯父母腰板、压颤父母步履的,岂止是无情的岁月？是儿女们长大的过程啊！

把爱搂进怀里

◆张兰允

小时候,我们喜欢躺在父母怀里撒娇使性子,那是我们对父母感情上的依赖,眷恋。成年后,特别是自己也做了父母后,才会切身体验到被孩子依赖、眷恋是一件多么幸福而满足的事情!

深秋时节,年逾古稀的父亲突然高烧不退,开始以为是感冒,但所有抗感冒的药物轮流上阵,还是无法阻挡高烧的嚣张气焰。到第七天,本来就因胃病多年瘦骨嶙峋的父亲几乎形容枯槁。做 CT 时,父亲的两腿一直在颤抖,我上前一把抱起他。瞬间,温柔的心疼、深深的怜爱如潮水一样漫过我的心。我的鼻子一阵阵酸疼,泪水情不自禁夺眶而出。

确诊肺结核后,父亲开始了住院治疗。

那是一段和父亲朝夕相守的日子。每天输液、吃药、喂饭。夜幕降临,依偎在床角给父亲边捶腿边聊天。父亲患病后,一直是我替他剪手指甲和脚指甲,每次把他干枯得像树枝一样的手脚抱在怀里,复杂的情愫让我感慨万千。认真、仔细地把他的指甲一点一点剪短、磨平……那一刻,我感觉他不仅是我的父亲,更像是我的孩子,非常需要我的百般呵护、疼爱。而每当那时候,父亲的表情真的很乖——眯着眼,一脸安详恬静的陶醉模样,甚至不知不觉睡去,发出轻微的鼾声……

父亲还没出院,哥哥就打来电话:母亲突然口吐白沫儿,不省人事。我一阵眼黑,在医院走廊里腾云驾雾,把查房的医生撞了个趔趄。安顿好父亲,我就往家赶。原来母亲牵挂父亲,着急上火感冒发高烧,氯丙嗪吃多了导致昏厥,尽管脱离了危险期,但还是神志不清。那一夜,母亲迷迷糊糊出现幻觉,翻来覆去无法入睡,听着她嘴里胡乱叨念着,我的心一下像被针扎一样疼,泪水不听使唤地流着。我抱着母亲,轻轻地抚摸着她的头发,不断地安慰着她。渐渐地,母亲安静下来,在我怀里睡着了。她的睡姿像极了一个孩子,我把脸贴在她满头的白发上,它们仿佛一条条岁月的河流,带我穿越时空隧道回到了从前:当年那个年轻美丽的母亲回来了;当年那个背着我小跑十多里夜路,送我看诊的母亲回来了……

抱着母亲一直到黎明。当初冬的阳光透过窗户照到母亲脸上的时候,母亲醒了,她怔了一会儿,有些不好意思起来:"你这丫头,抱着我做什么?"我故意撒娇地碰碰她的额头:"妈,你不是老说我小时候您不抱着我,我就睡不踏实吗?现在我不抱着您,您就睡不香啊!"我看到,母亲脸上荡漾出孩子般纯真满足的笑容。

近半年的精心治疗,父亲的肺结核治愈,母亲的身体恢复得也不错。父亲消瘦的脸上渐渐有了些红晕,母亲眉宇间的皱纹似乎也舒展了许多。

哥哥刚给父亲理过发,他穿着驼色羊绒衫,白衬衣翻出领子,灰色西裤的裤线笔直挺拔,闲适地坐在阳光灿烂的阳台上,显得那么清俊儒雅。我伸出手,悄悄地从背后搂住父亲:"老爸真酷,参加老年模特队完全可以倾倒老太太一大片。"母亲瞪了我一眼:"去,死丫头,没大没小的。"我马上吊住母亲的肩膀:"老妈更靓,像夕阳玫瑰黄宗英。"父亲都被我逗得眉开眼笑了。那一刻,我突然有点儿为自己感动——能给父母带来欢乐感觉的人,才是真正的好孩子啊。哪怕父母已白发苍苍,我们已人近中年,照样可以在他们面前撒娇耍赖皮——亲情需要表达,更需要用独特的身体语言去表达。

我是父母最小的孩子,自小备受宠爱。我12岁读寄宿中学,每次周末回家,父亲都会亲昵地抚摸我的头,亲吻我的脸,母亲干脆搂着我睡。那时候,每当看到外国电影里父母与子女热烈相拥和张口闭口"dear"、"love",动辄"kiss"的镜头,我总是激动得跃跃欲试,恨不得马上回家和父母拥抱,并反复策划想象着那令人神往的一幕。后来,随着年龄的增长,我也不知不觉受环境的影响变得不善于表达了,也不喜欢把"爱"、"想念"说出口了。看着父母一天天增多的白发和一道道深深的皱纹，心里的疼爱和感慨一波一波涌过来又一次一次退下去，但就是说不出口。常常是积攒了好多体贴关爱的话，甚至都溜到嘴边了，可一面对父母，就变成了简单的问候和干巴巴的安慰。

父母的接连生病，让我终于在长大后用身体温馨的拥抱淋漓尽致地表达了那份积蓄多年的柔软深情，并拾回了小时候与父母无限亲昵的习惯。和母亲一起躺着唠嗑，给母亲梳头，帮父亲掏耳朵，浓浓的亲情在发际指间无声无息地流淌着……

是的，我们长大了，觉得自己那么大人了，还和父母拥抱亲热，多做作！但是，在父母眼里，我们永远都是孩子，他们的爱与呵护也不会因为我们同样也有胡子和皱纹了而减少一丝一毫的。小时候，我们喜欢躺在父母怀里撒娇使性子，那是我们对父母感情上的依赖、眷恋。成年后，特别是自己也做了父母后，才会切身体验到被孩子依赖、眷恋是一件多么幸福而满足的事情！

小时候，父母总在盼望孩子长大成人。小鸟一样的我们羽毛丰满了，却都飞出了父母的羽翼，剩下父母相依为命，共守孤单清寂的人生岁月。想一想，压弯父母腰板，压颤父母步履的，岂止是无情的岁月？是儿女们长大的过程啊！

有一句话让我终生难忘：爱一个人，就把这个人搂进怀里。当我们无法用语言表达心中的热爱、牵挂、感动、心疼、依恋等强烈而微妙的情绪时，那就学会拥抱吧，不张扬，却情深意长，不做作，还自然而然。

把爱搂进怀里吧，让最温暖深沉的亲情在心中幸福地涌动！

感恩提示

舒婷有句诗是这样写的：宁可在山峰上展览千年，不如在爱人肩头痛哭一晚。

爱总要有所依附，有一个可以靠泊的港湾，就能让爱尽情挥洒，完美表达。爱情如此，亲情也一样。

几乎每一个人都对父母留有最撼动心魄的记忆。哪一根皱纹承载辛酸，让你在牵念父母时心灵一颤；哪一缕白发沐浴苦难，让你在目睹父母背影时，泪水涟涟；哪一声儿时的焦急呼唤，仍然停留在成长的里程中经久不散……这些都是对父母的挂牵，对养育的感恩戴德的表现。但是，这些都是瞬间，瞬间代表不了永恒。在父母的身上，一定有一个地方如巍峨高山，可以让你的一生都永难翻越。这就是父母的怀抱。合抱之树，生于始末。而父母之爱的起点与归宿都是这个地方。起点很好理解，父母怀抱是每个人最初的摇篮；而最后的怀抱则是晚辈张开双臂去拥抱父母。此时，我们面临的仍是父母的胸膛。

父母如孩子般被我们搂抱，他们是幸福的，也是安稳的，他们尚能给予我们机会去搂抱，这就证明他们还在继续爱着我们，继续让爱留在他们怀中。

(邓燕云)

我望着受伤的母亲，只觉泪水在眼眶里打滚，又望着那两柜完好的书，只觉得那里不单是知识的象征，凝结在上面的，还有母亲对我的爱和鼓励。

母亲和书

◆ 黄剑丰

我的母亲是个文盲。不可思议的是外公竟然是个教书匠！母亲从来没有埋怨过自己的命运，每次面对着我的问题："外公是教书的，他怎么不教你一点儿啊。"她总是笑着："你想一下，斧头是用来砍柴的，可是它能砍到自己的木柄吗？外公虽然是教书的，可是他教不到自己的女儿，这也是可以理解的啊。"

虽然母亲没读书，可是我想，如果母亲不是出生在那个整天劳动的年代，说不定母亲还是个饱学的才女呢！在我眼中，母亲是很伟大的。在现实生活的碰碰撞撞中，她知道了几个常用的字，凭着这几个熟字，她却能够准确地猜出与它搭配另一个字的读音。

也许是认识到读书的重要，从很小的时候，母亲就将我送到外公家。这时外公已经退休了，也乐意在家教我背背书，写写字，所以从很小的时候开始，我便与文字结缘。

我家是农家，妈妈每次上街卖完菜回来时，总会走到新华书店门口，平静地放下菜箕，给我买新来的连环画。我的童年就是在连环画中度过的。

随着我渐渐长大，升学了，连环画已经不适合我了。这时母亲总会交给我一定的钱，让我自己到镇上那家最大的书店去买自己喜欢的书。从家里到新华书店要走两个多钟头的路程。通常买书都是星期天早上，母亲会很早把我叫醒，喝完几碗粥，便上路了。走到镇上，书店刚好开门。一进书店，我一般是先浏览，匆匆把书店里的书大概看了一遍（那时的书不多），然后再挑自己合意的书看，等到时间差不多才最后买下没看过的新书。记得有一次钱不多，而手中那套《七侠五义》却是我一直心仪的，于是咬着牙，将母亲给我的午餐钱也贴进去了，然后抱着书，饿着肚子，在夕阳的斜照下慢腾腾地回到了家。后来母亲知道了，心疼地说："精神粮食固然重要，可是肚子也要紧啊。"自此，我去买书的时候，母亲总会给我准备干粮，有时是鸡蛋，有时是烙饼，有时是烤熟的地瓜。她怕我挨饿。

就这样，在母亲的支持下，我的书越来越多，整整放满了两个书橱。我把这视为我的命根子，平时没事就抽出这本看看，抽出那本翻翻，即使不看，拿在手里擦擦灰尘，也有一种很惬意的满足感。每一本书，都为我打开一扇知识的门窗，每一本书，都有我买书的一个故事。为了防蛀虫，我特意在橱里放了樟脑。母亲也很看重我的那两橱书，我不在家的时候，谁也不许进我的书房。

1998年春，我从学校回到了家，呈现在我面前的是一片焦黑的狼藉——邻居因为煤气爆炸失火引起了火灾。城门失火，殃及池鱼！屋里的东西都烧光了，人都平安。在门口，当父亲将这个消息告诉我的时候，我的泪水扑簌簌地流。书，我的书啊！我几乎是发狂地叫着。父亲拉住了我，说书都很好，母亲将它从火中抢出来了。我冲进屋里，两柜书完整无缺地摆在那里，我悬着的心这才放下来。

这时，母亲从厨房出来，她的毛发已被烧去大半，手上也有一些灼伤的伤痕。

父亲说，当家人发现火舌蔓延过来的时候，房子已将陷入火海。母亲第一个反应就是朝我的房间跑去，把我的书柜推出来，那么大的一柜书，两个大男人抬都有点儿吃力，可是母亲一个人把它推出来了。她是回去推第二柜书的时候,导致毛发被烧的……

我望着受伤的母亲,只觉泪水在眼眶里打滚,又望着那两柜完好的书,只觉得那里不单是知识的象征,凝结在上面的,还有母亲对我的爱和鼓励。

用甘甜的乳汁将孩子养大,再用漆黑的墨汁教孩子成才。一个文盲的母亲,她的目光却是光明而深邃的。由此可见,望子成龙的心态不因知识的多寡而分高下。

母亲与书构成了一个隐喻,那就是将爱与成才的图景水乳交融地呈现。书香世家,却断代难续读书梦。一代人的梦想直接影响到下一代人的现实。"母亲"用自己的行动在延续着自己的梦想。这个梦想因为"书"这个载体而与其休戚相关,血脉相连。母亲不懂书,但见过书,知道书籍的力量。也许在她的心目中,每一本书就是一个阶梯,它可以毫不含糊地将儿子送入到一个有别于他人的光明坦途。

有形的书籍与无形的期望在"儿子"心中注入了强劲动力。在母亲看来,这种力量应该陪伴儿子一生,自己的生命才能安稳,梦想才能落在实处。所以,当那些书籍可能遭致火光之灾时,母亲甚至将生死置之度外,她以火中取栗的牺牲姿态将书籍抢出。也许"毛发已被烧去大半"的母亲看上去有些恐怖,但是,母亲在儿子面前却是那样的神圣。就是在知识面前,这位母亲也是有着超越寻常的美丽。

(苏海平)

天哪,那个耀眼的光源居然就在我家门口,是他——父亲将屋里的灯泡拉出来,用右手高高地举着为我照亮……

父亲最珍贵的宝贝

◆佚　名

9岁的时候,妈妈离开了我和爸爸去追求她自己的幸福,我一点儿都不恨她,真的。我和妈妈一样,从来都没喜欢过这个天天出现在我的视线里、让我叫他爸爸的男人。

妈妈原先是准备带我一块儿走的,但据说爸爸当时说什么也不肯,最后拿出了"跟着他留在广州有利于我读书"的"杀手锏",从妈妈手里赢得了我。我有些恨自己干吗非得读书,在我年幼无知的眼里,跟着温柔体贴的妈妈一定比跟着这个苍老木讷的父亲强。

父亲还能为我做些什么?父亲是广州城一个最不起眼的电机厂里的一个普通得不能再普通的工人,干了十几年仍是每天拖着一身油污回家。小的时候我常想,妈妈一定是闻不惯那些油污味才离开我们的。

他生性沉默寡言,在他的面前我似乎也变得安静了许多,其实我骨子里继承了妈妈活泼好动的外向性格,在学校里可活跃着呢。特别是上了中学以后,我在学生会身兼数职,多多少少也算得上是学校里的风云人物,可这一切似乎都与这个天天出现在我身旁的人无关。

中学的第一学年结束时,我以名列前茅的优异成绩及在学生会的出色表现赢得了学校的嘉奖,怀揣着几张鲜红的奖状,我满心欢喜地哼着歌往家赶,希望有人能分享我成功的喜悦。

父亲给我的家是小巷深处一间仅有12平方米的小屋,他的工厂近两三年来不景气,他几乎处于半下岗的状态,时常都待在家里。

远远地,还没踏进家门,我就看见他像往常一样定格坐在那张破旧的小木床上,神情永远都是那样的呆滞、沮丧……刹那间,我的心中涌起一种莫名的悲哀,并迅速地蔓延开来,一点一点地吞噬掉那前几秒钟还溢满心怀的无限欢愉……我发狠地将奖状塞进书包深处,咬着嘴唇一言不发地迈进家门。爸爸并未看出异样,又像往常一样忙端出早已准备好的饭菜,招呼我吃饭。

父亲的厨艺并不好,而且每天都是一成不变的一荤一素。当他将饭碗递到我面前时,我突然间非常讨厌这个对我表示关切的举动,"啪"的一下将碗打翻在地,然后对着他咆哮起来:"你除了每天让我吃这样难吃的饭菜,还能给我什么?"父亲呆住了。那晚我一直赌气地躺在自己的床上,听见他将饭菜拿到厨房里热了一遍又一遍,也许他真是从没想过除了每天为女儿准备一餐饭,他还能为女儿做些什么?

我恨他连一个拥抱也不曾给我。这年冬天,广州出奇的冷。一天夜里,我突然醒来,发现自己浑身烧得滚烫,喉咙干涩得几乎发不出声来。我跌跌撞撞地爬起来吃药,打翻了水杯,也惊醒了原本在外间鼾声如雷的爸爸。

他奔进来看见烧得满面通红的我,即刻明白我病得不轻,连忙催促我穿衣去医院。我家附近就有一所大医院,步行只需十来分钟,可我拖着软绵绵的身子走在一阵猛过一阵的寒风中,每一步都是那样的艰难。我多希望身旁的父亲伸开他有力的臂膀,搂着我前行啊!可父亲总是木讷的,他除了将身上的大衣脱下来给我披上,就不会做出任何可以让我感受温暖的亲昵举动了!

我在医院吊了一夜的针,父亲也守了我一夜,还冻得眼泪鼻涕直流。我很感激他这样对我,却不愿说出来,因为我还怨他在我最需要的时候,欠了我一个永远也无法弥补的拥抱!接下来的日子,我和父亲仿佛就像两个毫不相干的人,除了每天在一起吃一顿晚饭,彼此都回避着,不再过问对方的生活。我有意识地减少待在家里的时间,就连寒暑假也借口学校补课外出。

这天,一个要好的同学过生日,我在同学家里玩着便忘了时间,直到晚上11点多才记起回家。通往我家的那条巷子很长很黑,我从未这么晚单独走过,想着下水道里时常会蹿出的大老鼠,我就害怕得发抖。

我战战兢兢地壮着胆踏进那条巷子,可奇怪的是越往里走,就越感到眼前亮堂起来。走到离家约200米的地方,我赫然看到一道耀眼的光束从前方直射过来，"难道是巷子里新装了路灯？"我寻思着快步向前走去……50米、30米、10米……天哪，那个耀眼的光源居然就在我家门口，是他——父亲将屋里的灯泡拉出来，用右手高高地举着为我照亮……

金黄而耀眼的光束阳光般地洒在他的身上，照得他那张皱纹密布的脸满是慈爱与安详，我第一次感到矮小瘦弱的父亲是那样高大与强壮，他举着的哪里只是一个小小的灯泡哟，那分明是"父爱"这两个金灿灿的大字啊！我感动得心头有些发酸，父亲却待我进门后不声不响地将灯拉进屋，一句淡淡的"早些睡吧"，就让我将那已到嘴边的千言万语又给咽了下去。我的感激霎时又变成了怨恨，我多恨他连一个让我对他的爱说声"谢谢"的机会都不留下！

原来我一直都是他的生命中最珍贵的宝贝。高中我考上了一所重点中学，班里强手如云，在学业上我不比他们差，只是提到自己的父母及家庭，我就自卑极了。我总认为父亲这个半下岗的修理工，在社会上没有一点儿让人看得起的地方。父亲却开始没日没夜地摆弄起一些自行车零件来。我也不问他想干什么，只是每当回到家里，看见满屋子散落在地上的零件和工具，就常常不屑一顾地将它们踢得七零八落。父亲倒也不介意，笑着重新摆放好。半年后的一天，我突然吃惊地发现父亲居然拼装成了一部全手工的自行车，虽然样式老土过时，但仍看得出有一些独特与精致。父亲第一次略带自豪地在我面前唠叨起来："这叫无链自行车，我自己发明的，我还委托厂里申报了专利呢……"

我瞪大了眼睛，像打量一个怪物一样盯着父亲，"这样的破玩意儿也能申请专利？"父亲脸上的光亮陡然暗淡下来，嘴角艰难地嚅动了几下，就再也没有出声了。几个月后的一天，我放学回家，意外地发现父亲那辆宝贝自行车支离破碎地散落在地上，父亲抱着一个酒瓶烂醉般地呆坐在旁边……

爸爸从来不喝酒的，这是怎么了？我本能地去扶他，却被他一反常态地推开了，借着酒性，父亲说出了几年来一直埋藏在心底的话，"……小娜，我知道你一直怨恨我、瞧不起我……我就一直寻思着做出点儿什么事给你看看……倒腾了几年终于弄成了那辆自行车……我知道你看不起它，可它的确申请到了专利，并有一个厂家答应出十几万元买断这个产品……我本准备用这笔钱供你上大学，证明自己是个有用的父亲……可没想到人家突然嫌式样老套而反悔了……"

我再也听不下去了，流着泪将父亲扶到床上躺下。父亲的床我很久都没有接近过了，枕边有一个硬硬的笔记本，我好奇地打开一看，里面竟平平整整地夹着一张张我从小到大获得的各种奖状！

我不知道这些奖状父亲是什么时候偷偷地从我抽屉里翻出来，珍藏在他枕边的。一些年代久远的都已发黄了，但每一张都平整得连一条细微的折纹也没有……我想象不出有多少个不眠之夜，父亲就这样坐在床头爱惜地抚弄着这些他生命里最引以为荣的珍宝。

原来，女儿一直都是他生命中最珍贵的宝贝。

感恩提示

在贫困的生活中，父亲对女儿的爱是压抑的，隐藏着的。评价父爱根本没有什么具体和可以参照的标准。所以，不要对长辈轻易作出评判。当你认为他们的表情离你很远时，也许他的心却是与你紧密相连，一步也没有离开；当你认为他无力来支撑你的生活时，也许正是他牙关咬得最紧的时刻；当你认为他在你的生命中不再扮演重要角色时，其实他的每一点儿渗透与付出从未停息……

他从来都没有说过苦，因为他一直把苦水往肚中咽；他从来没有说过难，因为他一直把难埋藏在心间，与苦难一起深藏的还有促使他不断鼓足生活勇气的动力。那动力就是女儿成长过程中的荣誉，那动力就是女儿一直冷漠但他却从未埋怨过的眼神。他不露声色地做着研究，他一如既往地爱着女儿。

爱需要被发现，需要被理解。终于，女儿发现了自己对父亲评价有误，她是父亲一直珍藏的"宝贝"。

（刘英俊）

在这近千条的短信里，我给妈妈的爱和妈妈给我的爱是多么的
不成比例啊，它们是 1 : 999。

永不删除的短信

◆佚 名

退休以后,妈妈喜欢上了"行走",每天都在给自己寻找户外活动。而我又
总是有那么多事情需要妈妈,加班的时候要妈妈去帮忙接孩子,不想做饭的时
候要到妈妈家里蹭饭,朋友去家里聚会要妈妈帮忙拟份菜单,所以我常常为找
不到妈妈而着急。母亲节那天,我送给妈妈一部手机,吩咐妈妈 24 小时开机。

这样,我就不用担心你走丢啦,我说。

妈妈笑着调侃我,这样,我就可以 24 小时为你提供服务啦。

妈妈有了手机真是很方便,有时候她正行进在去郊外远足的路上,我一个
电话就把她召唤回来啦。更多的时候我给妈妈发短信息:妈,晚上我想吃红烧
肉;妈,今天宝宝有点儿不舒服,你带她去看医生;妈,我那件红格子的上衣在
你那儿,给洗洗……

除了我发的那些短信以外,垃圾短信也很多,去妈妈那儿,妈妈在厨房忙,
我没事做就把玩妈妈的手机,顺便帮她把堆满的短信删除。一段时间后,妈妈
不让我删她的短信了,她说她自己会删。我猜想妈妈肯定是有舍不得删除的短
信,怕我给她误删了。

一晃妈妈有手机也有两年了。这天我随意地翻看妈妈的短信息,突然发现
了一条保存了两年的短信,那是我发给妈妈的。那天我心血来潮带了一位同事
到妈妈家蹭饭,因为没有事先通知,妈妈没做什么准备,饭菜比较简单,一向好
面子的妈妈非常尴尬。同事走了以后,妈妈责备我做事马虎,我说她想法太多,

人家就是想来玩玩，又不是专门来吃东西的，就这样我和妈妈你一句我一句地说了起来，最后我气鼓鼓地摔门走了。第二天爸爸告诉我妈妈昨天被我气哭了，我想想也觉得挺内疚的，于是就给妈妈发了一短信：妈妈，对不起，我爱你。

没想到这条短信竟然成为妈妈的宝贝。难怪她不让我删她的短信了，她是怕我连同这条短信也给她删了啊。

看着这条妈妈永不删除的短信，我惭愧了。我发给妈妈的短信近千条，要妈妈这样，要妈妈那样，但是告诉妈妈我爱她的短信却只有一条，唯一的一条。在这近千条的短信里，我给妈妈的爱和妈妈给我的爱是多么的不成比例啊，它们是1∶999。

我躲到另一间屋里，给妈妈发短信：妈妈，我一直都很想对你说谢谢，另外告诉你我很爱你。

手机响了，妈妈拿起来看，我看见她笑得眼睛都潮湿了。

人生中总有些事情是我们不想忘记的，那往往是一份值得我们珍藏的回忆，就像妈妈手机里那条永不删除的短信一样。虽然那条信息很短，只有可怜的八个字。但它却是以让一位为儿女操劳的母亲露出开心的笑容，足以让她不断地付出后，依然觉得无怨无悔，也让她在忙碌后体会到一份回报，得到一丝来自儿女的慰藉。这就是一位母亲的心啊，她付出的很多很多，索要得却很少很少。只是一句简单的问候，一条偶尔心血来潮的短信，就已经让她无比幸福，心花怒放了。可以想象，在那位母亲为自己的孩子操劳过后，她肯定会不止一次地将手机打开，一遍遍地翻看这条让她欣慰的信息。所以她分外珍惜它，才不能轻易将它一挥而去，要永远保存在记忆深处，不时地就找出来读一读。这条永不删除的短信，也让我想到了关于感恩的话题。原来感恩并不是什么金钱和物质的回报，它往往只是一个电话里的问候，一双搀扶的手，一条简单的短信，还有短信里那声感谢，那声我爱你。

（王 嘉）